仙岭散花

大新历代诗文拾掇

农恒云 著

中国文联出版社

图书在版编目（ＣＩＰ）数据

仙岭散花：大新历代诗文拾掇 / 农恒云著. -- 北京：中国文联出版社, 2023.9
ISBN 978-7-5190-5279-9

Ⅰ.①仙… Ⅱ.①农… Ⅲ.①古典诗歌－诗集－中国 ②古典散文－散文集－中国 Ⅳ.①I211

中国国家版本馆 CIP 数据核字(2023)第 143965 号

著　　者	农恒云
责任编辑	王素珍
责任校对	潘传兵
装帧设计	吴燕妮

出版发行	中国文联出版社有限公司
社　　址	北京市朝阳区农展馆南里 10 号　　邮编　100125
电　　话	010-85923025（发行部）　　010-85923091（总编室）
经　　销	全国新华书店等
印　　刷	三河市龙大印装有限公司

开　　本	710 毫米 x 1000 毫米　　1/16
印　　张	12.75
字　　数	165 千字
版　　次	2023 年 9 第 1 版第 1 次印刷
定　　价	68.00 元

版权所有·侵权必究
如有印装质量问题，请与本社发行部联系调换

安平州《人间仙境·明仕田园》（局部） 何农林摄

大新百里画廊——沙屯叠瀑 何农林摄

大新德天跨国大瀑布 何农林摄

大新县那岭乡岜兰村都隘屯村庄一角　何农林摄

大新县乔苗平湖风光　何农林摄

大新县短衣壮族歌圩对歌　何农林摄

崇左市书法家考察恩城州岜字山明清摩崖石刻

向书法爱好者讲解大新县古代摩崖石刻

考察恩城岜白山摩崖石刻

清代太平知府查克亶题写恩城州"小灵珑"

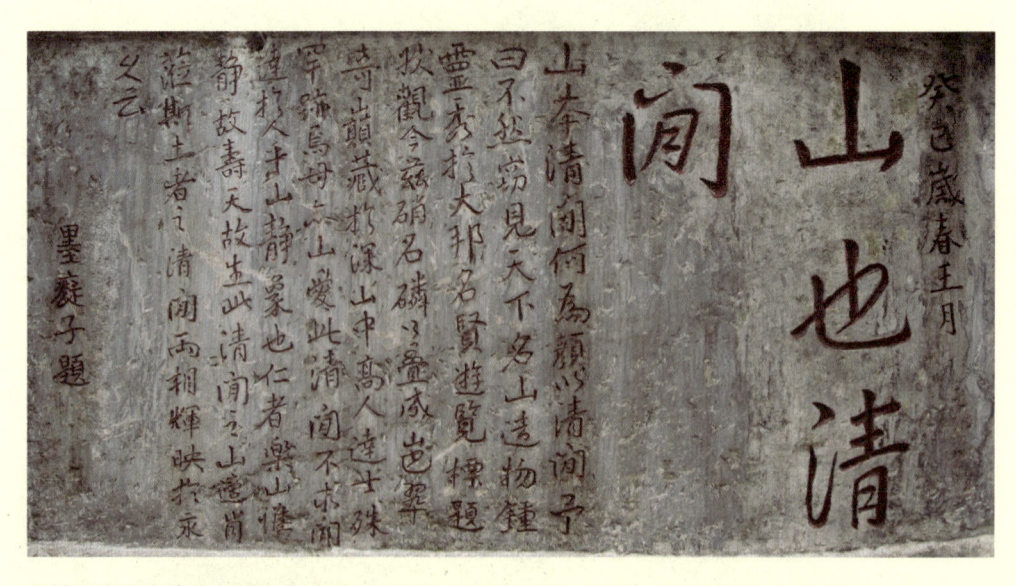

恩城州岜翠山清代石刻

下雷州土湖后山摩崖题诗墨迹

养利州元代土官赵起元诗文墨迹（局部）

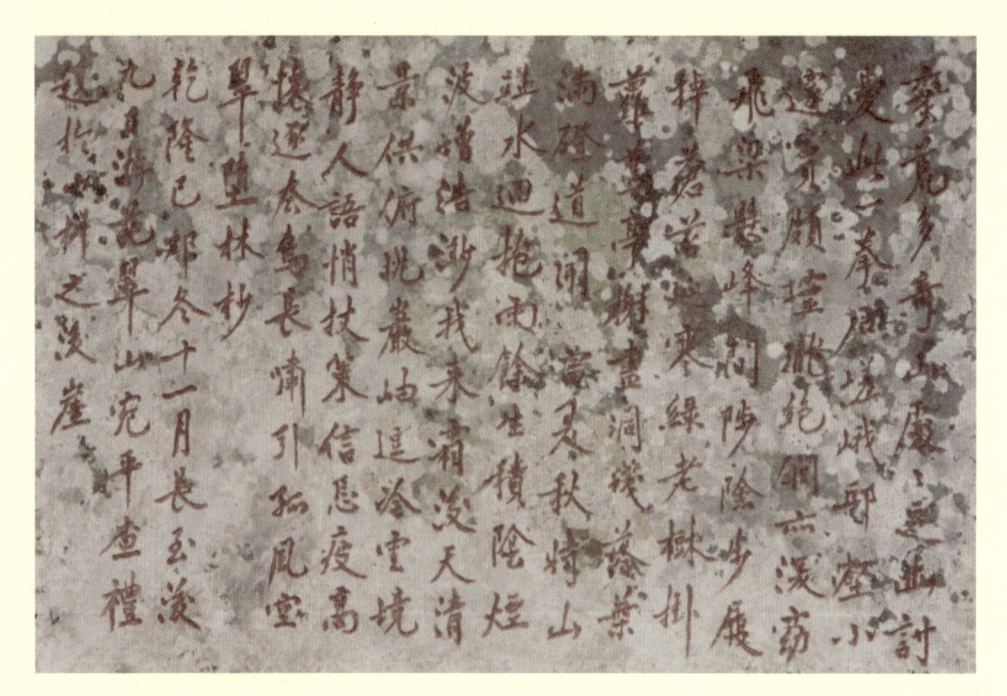

清代太平府知府查礼在恩城岜翠山石刻

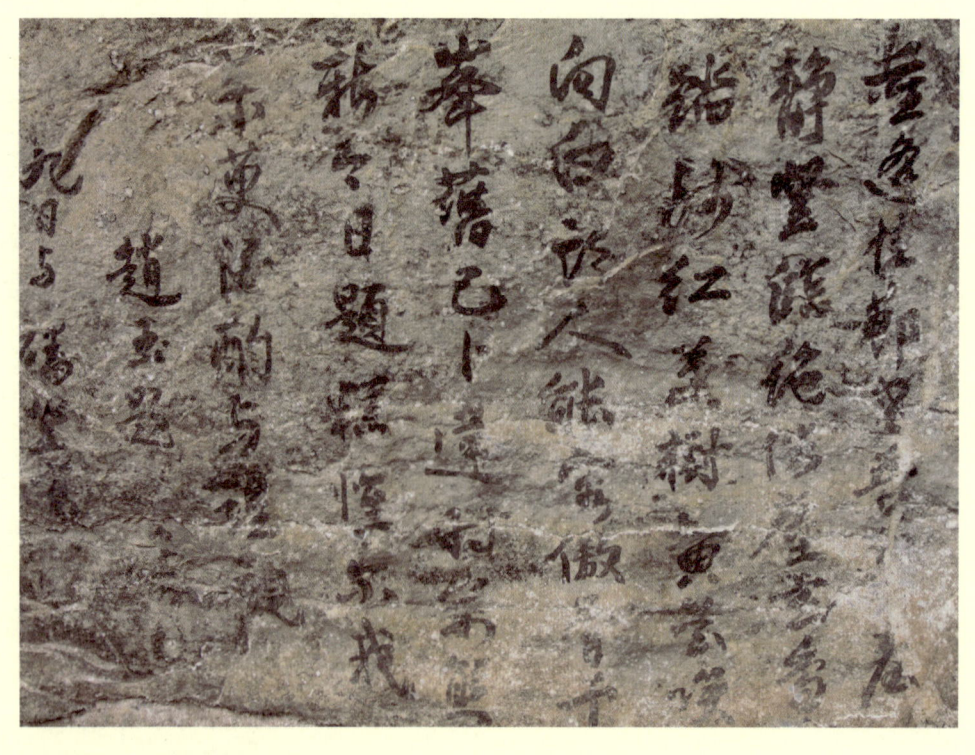

恩城州岜白山清代诗文墨迹

恩城州岜白山崖元末明初赵氏土官诗文石刻

万承州明代石刻

茗盈州穷斗岩明代摩崖造像

安平州会仙岩明代摩崖造像

恩城州摩斗台清代诗文石刻（1）

恩城州摩斗台清代诗文石刻（2）

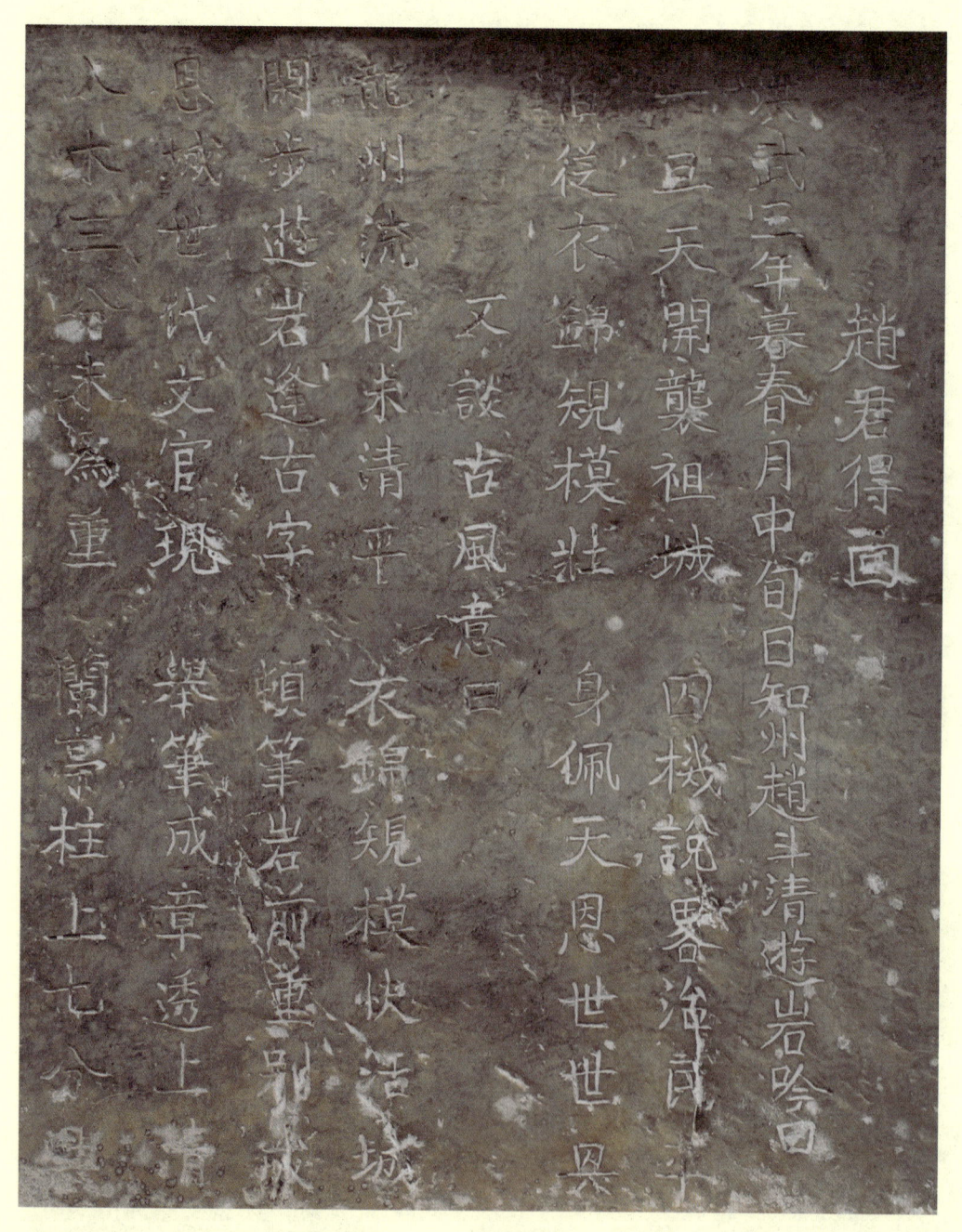

恩城州明代赵斗清土官岜白山题诗石刻

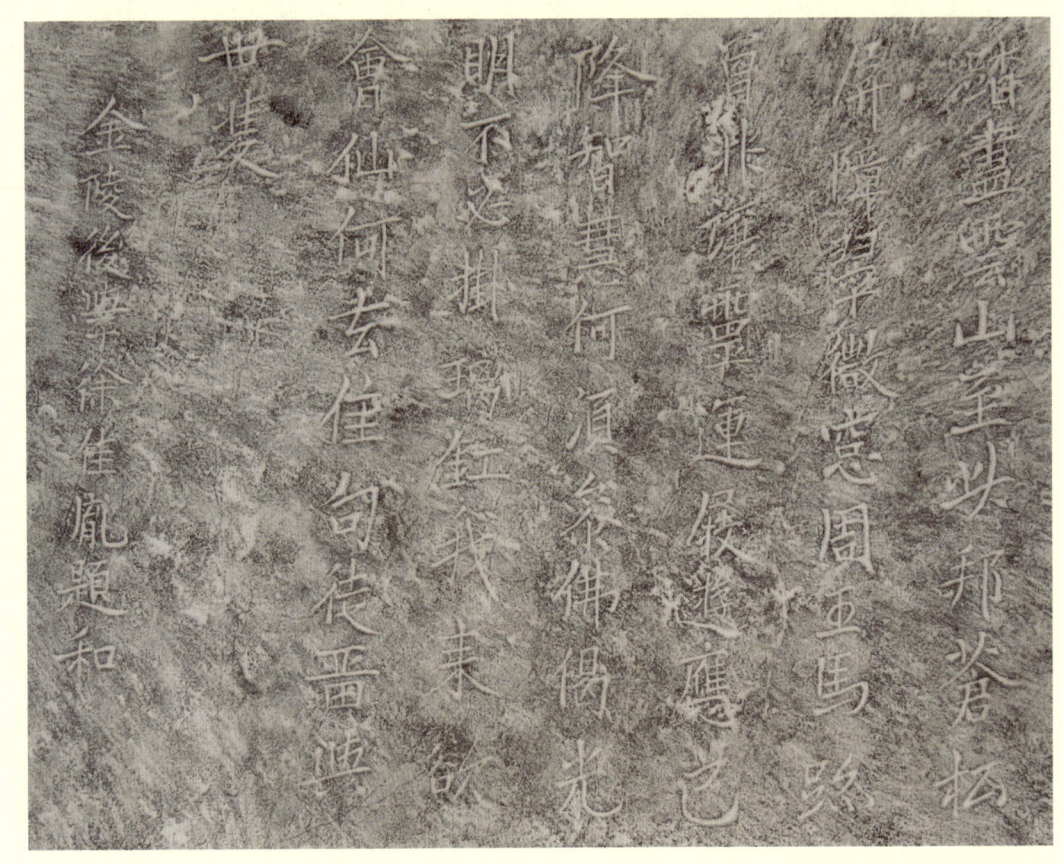

安平州明代徐佳胤题和李明峦原韵石刻

万承州清代石刻艺术

太平州清代土官与文人交游诗文碑刻

恩城州岜白山清代诗文墨迹

安平州会仙岩安所山人诗刻　　　　　　　　　　　　　万承州云门紫洞摩崖石刻

恩城州明代土官赵福惠手足诗文石刻

目　录

序...黄才能 /1

至正九年闰七月二十四日有路官军兵攻围州城题.................赵胜保 /001

奉题...桂　林 /002

至正九年乙丑腊月吉日...................................赵志龙 /002

和之王...赵起元 /003

赵斗清（二首）..赵斗清 /003

洪武四年三月同僚接风游此吟.............................佚　名 /004

诗题手足石刻...赵福惠 /005

和赵福惠手足诗原韵...................................蓝　浩 /005

岜白山七言律诗.......................................蓝　浩 /006

狂草书诗...陈有能 /006

题岜白山（二首）......................................赵彭贤 /007

登观音寺分得"龙"字勉书怀社长韵.........................赵芳声 /008

草书五言绝句...赵芳声 /009

仗剑按本州，公余适州守东山公扳游短述...................蔡　震 /009

会仙岩石柱..安所山人 /010

会仙岩...吴良鼎 /011

草书墨迹诗（二首）....................................佚　名 /011

养利永济桥...曾　贯 /012

萃绿亭	许时谦	/013
观鱼亭	许时谦	/014
金印奇峰	许时谦	/014
金印奇峰	钟 裔	/015
再题金印奇峰	仰 洋	/015
养山叠翠	赵天益	/016
利水流清	赵天益	/017
武阳灵山	赵天益	/017
悬崖仙杖	赵天益	/018
散花仙岭	赵天益	/019
散花仙岭题诗	佚 名	/019
呼水奇泉	袁 杰	/020
金印奇峰	袁 杰	/021
悬崖仙杖	袁 杰	/021
观音峭壁	袁必登	/022
题益天洞	杜钟秀	/022
和杜钟秀题益天洞	赵之英	/023
又和杜钟秀题益天洞	佚 名	/023
送周成德知养利州	顾 清	/024
周承德除养利州守即乞致仕	周 伦	/025
送邵太守赴养利	胡思忠	/025
叶侍郎父养利州守公像赞	沈一贯	/026
喜晤吴荪圃同年作八首壬辰	蒋士铨	/027
闻叔兄调太平复摄养利州篆却寄	汪文柏	/028
弄月镜台	张 琴	/029
无怀古石	袁简临	/030
养利州会文馆	佚 名	/031
养利十景图	汪鼎隆	/031
恩阳白山岩次司马第四六钦使韵	李明峦	/032

摩斗台（二首）	李明峦	/033
题会仙岩	李明峦	/034
次李侯题壁韵	梁新水	/034
奉和原侯韵	邹洙衍	/035
麦士奇（二首）	麦士奇	/036
题和李明峦韵	徐佳胤	/037
奉和李侯韵	黎猷	/037
题咏安平州会仙岩（二首）	佚名	/038
康熙七年二月春日将晚招聘老游仰山	一觉	/039
承一觉招游仰山水饮	聘老	/039
奉和聚星岩原韵	赵贵炫	/040
奉和摩斗台原韵	赵贵炫	/040
步聚星岩元韵	谢宗德	/041
岁丙寅奉檄莅兹土，公余过此□赋短韵	胡光琮	/041
题摩斗台	胡光聘	/042
丙寅岁随家大人及伯叔游摩斗台学吟	胡敬铭	/043
丙寅小春题摩斗台	胡尧□	/043
丙寅麦秋登摩斗台	赵凤池	/044
丙寅之秋陪金台胡公父台游洞书感	赵淳理	/045
摩斗台	农宗儒	/045
摩斗台	赵廷赞	/046
题摩斗台	谢廷恩	/046
复游此岩口占一律以奇兴	曾绍埕	/047
续赋古风（二首）	曾绍埕	/047
安斋与同人黎煜甫李秀山话旧（癸亥）	农赓尧	/048
会仙岩次李秀山述先志元韵	农赓尧	/049
安平谣四章	农赓尧	/050
题李秀山花间小照	农赓尧	/051
题李秀山家庆图	农庚尧	/052

贺李秀山举廿四子	农赓尧 /053
岜翠山	查　礼 /053
题咏恩城	查　礼 /054
蛮风	李　蕃 /055
哭祖母陈太宜人	李　禔 /056
于役养利（四首）	赵　翼 /057
下雷道中（三首）	赵　翼 /058
树海歌	赵　翼 /059
下雷州诸山四咏	萧佘淳 /061
观稼（四首）	萧佘淳 /062
下雷土州舍与门人童正一同宿	李少鹤 /063
岜白山	岑惟贞 /064
诗题岜白山	陈　广 /064
乱语一首	屁子□人 /065
岜白山题诗	佚　名 /065
岜白山题诗	佚　名 /066
岜白山题诗	佚　名 /066
月台	袁　□ /067
姚泗滨与汤行我游饮题	汤　行 /067
登月台	姚泗滨 /068
丙午秋日游古洞即事	碧　霞 /068
岜白山	赵　玉 /069
岜白山	赵　玉 /069
九日与庆兄登高	赵　玉 /070
九日与磻登高	赵宗显 /070
岜白山崖题诗	赵宗显 /071
岜白山	佚　名 /071
岜白山和诗	佚　名 /072
岜白山和诗	佚　名 /072

题邑白山崖	赵　瑶 /073
灵隐洞诗刻（二首）	李庆荣 /073
题灵隐洞	王　巘 /074
题灵隐洞	陈兆熊 /075
题灵隐洞	黄焘斐 /075
游会仙岩七律五章	涂开元 /076
步和涂公会仙岩诗原韵并序	吴□夔 /078
清泉	许瑞莲 /080
漫兴	蒙获珠 /080
书感（二首）	蒙获珠 /081
述怀（三首）	蒙获珠 /081
人心叹（三首）	蒙获珠 /082
书意（五首）	蒙获珠 /083
歌圩怀俗诗（五首）	蒙获珠 /084
查椒山	谢上诏 /086
沐恩墨迹诗	信士得云 /086
望岩（二首）	廖恕仁 /087
碧云洞	黎映兰 /088
地板屯题壁	黄焕章 /088
和黄焕章地板屯题壁	李建兴 /089
劝善戒盗长短歌	黄凤岐 /090
下雷土州许氏族谱排序	李　玟 /091
硕龙将军山	唐□元 /091
硕龙将军山	佚　名 /092
硕龙将军山	佚　名 /092
将军山宋公庙	佚　名 /093
题土湖后山	雷山扶风居士 /093
题土湖后山	映寨高阳居士 /094
戏题土湖后山	陵城云游居士 /094

偶题土湖后山	雷阳天水居士 /095
题土湖后山	雷堪陆香 /096
题土湖后山	雷峰陇西居士 /096
别化溪	崔毓荃 /097
养利道中	崔毓荃 /097
太平州道中	崔毓荃 /098
留别万承州绅耆（二首）	崔毓荃 /099
万承道中所见	崔毓荃 /100
公余偶作二绝	崔毓荃 /100
题龙门桥二绝	崔毓荃 /101
衙斋杂兴五绝	崔毓荃 /102
清水歌	崔毓荃 /103
辞官吟五绝（其四）	崔毓荃 /103
太平土州八景（八首）	崔毓荃 /104
云门紫洞	李　荣 /106
云门紫洞	李品仙 /107
云门紫洞	玉奂山 /107
题和李品仙原韵并跋	吕善瀛 /108
步李将军鹤公原韵并跋	粟廷勋 /109
下雷州衙门庭院楹联	/110
重新恩城州治碑	林　叡 /112
养利州兴造记	姚　镆 /114
游会仙岩记	沙　伦 /116
岜仰山记	赵福惠 /118
穷斗山	李显奇 /119
重刻孝忠经后序	王之绪 /120
养利州学记	谢　杰 /122
古岭桥记	赵守纬 /125
养利州知州叶公专祠碑	萧云举 /127

衙门合祭养利州守叶君文	徐显卿 /130
徐霞客游记·大新篇	徐弘祖 /131
养利州儒学泮池碑记	顾之俊 /137
哭五女	许嘉镇 /139
《养利州志》序	王　言 /141
《养利州志》自序	汪溶日 /143
《养利州志》跋	文举鼎 /145
山也清闲	墨痴子 /147
重修羊城书院	谢会朝 /148
万承州龙章宠锡	/149
万承州重建城隍庙碑记	王　健 /150
下雷澄心亭	李绍浩 /151
重修城隍殿宇碑记	牟　铃 /152
移建文昌阁碑记序	周文泉 /153
移建文昌阁碑记	张□纶 /154
聚仙岩创修碑记	赵凤池 /155
建修瀛州书院碑记	高攀桂 /156
建修瀛州书院碑记	李兆梅 /157
建修瀛州书院碑记	钟鸣鹤 /158
游灵隐洞诗序	李庆荣 /160
跋李庆荣灵隐洞序	赵嗣鹏 /162
跋李庆荣灵隐洞序	赵连城 /163
安平李氏建宗祠碑记	李秉圭 /164
安平土州修庐山岩神像楼阁	李秉圭 /166
会仙岩重修碑记	佚　名 /167
大修粤东会馆碑记	佚　名 /168
重修庐山碑记	佚　名 /170
万承土州冯氏土官创建宗祠碑文	冯□□ /171
太平州重建簧碑记	佚　名 /173

瓠阳书院碑 佚 名 /175
恩城分县重修维新书院碑 赵英翰 /177
安平土州格峎等村重修卢山岩庙置产办学碑 苏士俊 /179
《雷平县志》序 梁明伦 /180

后　记 181

序

  恒云君，是我晚辈，因志趣相投而成为忘年交。

  恒云是大新人，而我亦半个大新人，祖父母长眠在大新，因此，我俩是真老乡。接到恒云《仙岭散花——大新历代诗文拾掇》（以下简称《拾掇》）书稿，打开后一则曰惊，二则曰喜。惊者，大新历代诗文之盛完全出乎我的意料；喜者，恒云数年孜孜不倦的心血之作，我竟有幸成为第一个读者。

  对先人的作品发议论，非我所宜。作为后人，我对大新众多前辈留下的诗文，只能仰视。怀着崇敬之心启卷，顿觉一股清香扑面而来。这些作者，远则元明，近则民国，横跨近千年。其中有经纶满腹的大儒，如"乾隆三大家"之赵翼、蒋士铨；也有天真无邪的后生，如十二岁的胡敬铭。有的贵为高官，如太平知府查礼，以及安平、养利诸州的土官、流官；更多的是市井平民、乡间儒生。有世居本乡本土者，也有北京、江浙、云南之客。其作品，有格律森严的律、绝，如查礼的《题咏恩城》；有徜徉恣肆的古风，如赵翼的《树海歌》；有古意盎然的骚体，如李蕃《蛮风》；也有轻松风趣的打油诗，如天水居士的《偶题土湖后山》；有法度井然的序跋，也有洋洋洒洒的碑记。一口气读下来，林林总总凡几百篇，令人应接不暇。读后掩卷，总觉得余香弥漫，犹如大新的土酒，满口醇香，回味无穷。

  解读先人的诗文，非高人不能为，我就不敢再饶舌了。而对把先人作品汇集成篇的这本《拾掇》及其作者，我却有些话要说。

我首先要对恒云深表敬意。大新历代诗文，虽然有不少作品散见于史志和各类出版物，而更多的是湮没在荒山野榛、石洞悬崖之中。为使先人的这份遗产重见于世，恒云于公务之余不避艰辛，穿越千年历史，跑遍"八州三县"，在那"猿猱欲度愁攀援"的人迹罕至之地，任凭日晒雨淋，蚊叮虫咬，寻找先人们留下来的蛛丝马迹。有时在仅能容纳两脚的石洞峭壁上顽强站立，扒开崖面上的千年积尘，去分辨琢磨那些因年深日久而剥蚀不清的文字，拍照、辨认、研究、考据，一站就是几个钟头，以致有数回伤着脚筋，卧床治疗。然恒云仍痴心不改，八年如一日从事这一寂寞枯燥的工作。《拾掇》中不少诗，是他首次从摩崖石刻中寻找到的。这对大新的历史文化来说，功莫大焉。没有上级要求，没有所谓的待遇酬劳，凭的是一颗对家乡的拳拳之心。何为担当？于斯即是！

然而，搜集不易，评注更难。

采集资料哪怕再难，也只是《拾掇》首道工序。后之"加工"，更费时、费力、费神。而《拾掇》的亮点（也是看点），恰好在于评注。可以说，《拾掇》因评注而生辉。

那么，《拾掇》评注的特点在哪呢？

一、让人读懂——多方导读

从山野里面抠来的作品，有时候只是寥寥数句，读者未必读得出真意来。为让读者了解原著，《拾掇》下了不少功夫，从不同方面给予导读。

我们来看对查礼《岜翠山》的评注：

  查礼，北平宛平人，擅长诗书。清乾隆年间任太平府知府，喜题诗留壁，崇左境内的江州、凭祥、大新、天等均有诗刻。

作者介绍使读者了解时代背景，从而对作者有简明的印象，帮助读者去深入探究其作品的内容。对本书收入的每篇作品，《拾掇》都尽可能详细介绍作者。

再看对沙伦《游会仙岩记》的评注。恒云介绍作者后，特地作了一段导读：

《游会仙岩记》，不失为一篇游记美文，诵读之，可感知数百年前安平会仙岩山水风光的壮观景象，以及岩内石乳鬼斧神工的自然曼妙。

显然，这是对作品的推介。

对麦士奇《永历辛卯秋，晋翁李宪别韵》，《拾掇》这样评注：

麦成诗之时，大明江山已土崩瓦解，北方已为清廷的天下。而麦士奇却还活在南明王垂死挣扎的残山剩水里，故于诗前款落个"永历辛卯（1651）"的南明王年号，是彰显其文人之气节？或真的山中无历日，岁岁不知春？

这是在介绍时代背景。了解南明永历帝那段历史，对读懂麦诗十分重要。《拾掇》通过这样一段话，把读者导入时代的情景之中。

二、让人明白——严肃考据

读懂先人的诗文，就得懂历史，辨真伪。因此，考据就成了《拾掇》评注的一大特点。

从对胡光琰的《岁丙寅奉檄莅兹土，公余过此口赋短韵》的评注看，恒云不知翻阅了多少资料。他说：

此诗下款字多处损坏,有两白文篆书印章:"光琭""金台"。名字前有署"楚沩",《水经注》:沩水出益阳县马头山。又零陵有沩水。《水经注》:沩水出西北邵陵县界。故"楚沩"应指湖南省人。

仅一个署名,恒云就花那么多功夫去考证,可见他的严肃认真。对吴良鼎《会仙岩》,有这样一段评注:

(明)方瑜纂修《南宁府志·兵防志》之"百户":吴良鼎,直隶歙县人。看来,吴良鼎是个世袭的"百户"之人,因何事而其到访交通阻塞的边地安平州"特此偷闲玩"的?

事实如何,仍有存疑。留与读者一起去探究吧。这是很客观的考据态度。

三、让人信任——认真纠错

针对一些史籍和刊物上存在的讹误,也认真给予纠正。如对赵胜保《至正九年闰七月二十四日有路官军兵攻围州城题》,恒云指出:

此二诗刻,当代大新史料有不少错漏,现依石刻补正。

对吴良鼎《会仙岩》在传抄过程中出现的错误,《拾掇》也认真纠正:

连作者也都弄错。原石刻有款字"万历四十年三月初九日,邕南葵庵吴良鼎题"。《大新土司志》写成"吴正鼎题",虽一字之差却已张冠李戴。

对沙伦《游会仙岩记》,《拾掇》则明确指出:

  此文曾于《大新县文史资料》等刊载,未作句读,也多错漏,经与原石刻逐字校订补正。

在农赓尧《会仙岩次李秀山述先志元韵》的注释中,引述了光绪《镇安府志》和雍正《太平府志》的相关记述后指出:

  李秀山,安平州土官。秀山,应为其字号。然而《诗赋崇左·会仙岩次李秀山述先志元韵》注解:李秀山,宁明县人。

笔者以为此说谬也。严肃认真,一丝不苟,无疑增加了读者对其的信任感。

四、让人投入——激情点评

对作品予以饱满感情的点评,也是《拾掇》的一大特点。对许时谦《金印奇峰》,《拾掇》做了一段较长的介绍和点评:

  金印奇峰,养利州十景之一,蕞尔之山,平地凸起孤峰,状如金印,岩内空关,玲珑穿透,可备游观。古称"印山"或"小印山"。山下有二洞:一洞口朝北向,面积有百多平方米,通风采光良好,曾为县某商业公司仓库,此洞无诗刻。另一洞口朝西,洞内右壁阳刻"印山岩"三字……此岩曾是明清养利州官、骚人墨客雅集题咏胜地,可惜被今人无知或追逐蝇头小利而破坏殆尽,数百年积淀诗文毁于朝夕之间，没于斧凿之下。此是古人之不幸还是今人之不幸？古谓之"蛮"不亦今之"蛮乎"？

此诗读下来，读者也一起感到痛心。

对黎猷《奉和李侯韵》，《拾掇》这样点评：

  此诗落款端人黎猷，而无时间年号，疑为明人奉和。石刻通篇楷、行、草三书体合一，行间如"独""留""外"等草字，楷中间草……黎某倒也洒脱，终在寂静的会仙岩中寻得人生真谛，像竹林七贤"对酒高歌莫论寿"。尤惜"李侯"原作（韵）已难觅，不晓李侯是李明崟或另一位李土官？

读这一段，我是先跟恒云进入书法的曼妙之中，又一起回到遗憾中来。

再看对佚名《散花仙岭题诗》的点评：

  相传养利州土官赵文安在岭下设醮，吕仙变作乞丐临坛，土官恶其不洁，吕乃出手拍门上成金字……后土官悟，追至此岭，只见白马腾空，天花乱坠，故越再岁，土官因曾侵暴邻境弑戮良民，督府捕逮诛杀，宣德六年（1431）改土归流。

  改土归流，是历史的必然，但在那个相对蒙昧的时代背景下，假托神灵，不仅更能有天人共愤的分量，也更令事件赋予神秘可读的文学色彩。

五、让人振奋——精彩书评

恒云是书家。他在历代诗文搜集过程中自然格外注意古人的石刻墨迹书法。因此，书法品评也成为《拾掇》的一大特色。那份投入，也深深地感染着读者，让人精神为之一振。让我们来分享其中几段文字。

评赵胜保《至正九年闰七月二十四日有路官军兵攻围州城题》：

  赵胜保，又名赵圣保，恩城州元代土官。此诗刻从书写风格看，与"洪武三年（1370）暮春月中旬日，知州赵斗清游岩吟曰"《赵君得回》石刻，均为楷书，如出一辙，俨然同为一人所书，故应是明朝石刻，也是大新县境内较早的诗文石刻。

对佚名《岜白山题诗》书法，《拾掇》这样评价：

  此诗文楷体墨迹，能于石壁上悬腕书写，铁画银钩，顿挫使转，一丝不苟，点画精到，疏密得当，形完神足。能书，乃古人本能之事，而又能诗，自然非同小可。虽不知书者何人，但其爽爽一股风神亦足以令游人注目。

对李明峦《恩阳白山岩次司马第四六钦使韵》的石刻，评价道：

  此诗刻，楷体，与其摩斗台石刻书法风格相近，端庄工整，瘦劲而铮铮风骨。较之安平会仙岩飘逸的行草书，行云流水，显示不同的书风及不同书写的心境。

再不懂书法，也会被恒云如痴如醉的描绘深深感染。

对姚泗滨《登月台》的墨迹，《拾掇》谓之"墨迹线条粗犷而灵动，结体随石附势而生奇巧，大有北碑纵横开阖之势"；而对胡光聘《题摩斗台》，则称"诗文书法，传承一统书坛的'二王'书风，得《圣教序》的形象，也有赵孟頫、董其昌的恬媚婀娜"。

说完《拾掇》，再顺便说恒云的诗才。能对古人诗文作如此精到的评注，可见其文字功底之深。据我所知，恒云平时很少写诗，而偶尔为之则令人瞩目。近年蒙赠诗数首，古体、近体各有特色，为一方诗友所称道。

黄才能
2022 年 9 月 20 日

（本文作者系中华诗词学会会员、广西楹联学会副会长、广西作家协会会员、崇左市诗词楹联学会会长）

至正九年闰七月二十四日有路官军兵攻围州城题

（元）赵胜保

戈甲相持对垒围，旗开金鼓震如雷。
城池坚闭关难破，山寨高悬峰未摧。
心上文韬论军政，胸中武略使兵回。
从今州治平安兆，相业中兴民物归。

  赵胜保，又名赵圣保，恩城州元代土官。此诗刻从书写风格看，与"洪武三年（1370）暮春月中旬日，知州赵斗清游岩吟曰"《赵君得回》石刻，均为楷书，如出一辙，俨然同为一人所书，故应是明朝石刻，也是大新县境内较早的诗文石刻。

  而在此二石刻左侧，尚有赵胜保诗文墨迹，有上款六行，虽积年烟熏及尘粉覆盖，尚可大致辨认：至正九年闰七月二十四—军兵临城—州城太守赵公遂遗—老许公—路—救援民—东钧命民兵—遂成拙句，石刻记之。"遂成拙句"应系作者自谦之辞。此墨迹诗文后，仅有"赵君得回"四字，而赵斗清两诗文则未见写有墨迹。

  此二诗刻，当代大新史料有不少错漏，现依石刻补正。

  至正，为元朝最末年号。诗成于至正九年（1349），离元朝灭亡仅19年。赵诗题称"至正九年闰七月二十四日有路官军兵攻围州城"。左江地区于洪武元年（1368）归附明朝，而此前19年就有官军围攻恩城州衙，莫非守城的土司早已脱离元朝的统治？史载，元朝末年政治腐败，民不聊生，老百姓到处造反，至正十一年（1351）

安徽一带爆发了后来导致元朝灭亡的红巾军起义。恩城土官早于红巾军起义两年造反并击退围城的"官军"？同为至正九年（1349），养利州赵志龙诗谓"处处归降相府衙"，也是写战斗，到底谁和谁打？谁"归降"谁？有待求证。

奉题

（元）桂林

利兵坚甲守营围，好把山川声震雷。
钊戟森严连对阵，枪牌安镇两无摧。
三军下寨兴征进，一卒当关罢战回。
社稷安然天佑助，州基民物复还归。

桂林，生平无从考究。桂林的和诗，比赵胜保原诗的意境要略胜一筹。

至正九年乙丑腊月吉日

（元）赵志龙

东南西北已万家，楼台鼓角度年华。
英雄养利州州进，处处归降相府衙。

诗文有上款：至正九年（1349）乙丑腊月吉日。赵志龙，养利州赵氏土官族，生平无考。

和之王

（元）赵起元

乾坤之下尽人家，养利军州地最华。
官列封侯居第一，声名胜过各城衙。

诗前有"和之王"三字，上款也与赵志龙诗相同，作者生平无考。此二诗及另一残缺的墨迹，是大新县境内仅见较早的诗文墨迹。历经近七百年俗尘侵扰，除局部被粉尘钙化尘封，大多尚可辨认，"墨寿千年"亦非虚言。也由此见证养利州衙的迁址从旧州至今桃城，应于元皇庆二年（1313）州城被交趾掳掠之后，并非史书所说弘治年间迁址。

赵斗清（二首）

（明）赵斗清

（一）赵君得回

一旦天开袭祖城，囚机说略治民平。
自从衣锦规模壮，身佩天恩世世兴。

（二） 又谈古风意曰

龙州流倚未清平，衣锦规模快活城。
闲步游岩逢古字，顿笔岩前重别成。
恩城世代文官现，举笔成章透上清。
入木三分未为重，兰亭柱上七分兴。

赵斗清，恩城州元末明初土官。明代成化年间，赵福惠土官创建的恩城土官族谱摩崖石刻，列赵斗清为赵胜保之孙。此诗题于"洪武三年（1370）暮春月中旬日，知州赵斗清游岩吟曰"，此首后两句道出恩城土官的豪迈理想及对中华传统诗书的景仰膜拜。然从格律上看，赵老爷于诗尚有欠缺，尤其平仄、对仗错误较多，重字也不少。

洪武四年三月同僚接风游此吟

（明）佚名

水清山秀万春明，匍步今春贺子兴。
伯福鹤齐清节至，一年一次乐升平。

此诗如顺口溜，也无多少诗意，然其墨迹经六百多年风吹雨打而犹存。且重复题壁两次，右为草书，左为行楷，依附在赵斗清土官诗文刻石旁，也仅迟一年，不少字墨色依然漆黑，尤其雨后观字，墨色温润，犹觉墨汁味芬芳扑鼻。

诗题手足石刻

（明）赵福惠

遗迹存形在后岩，留名千古子孙看。
愿惟地久天长永，保守宗基若大山。

赵福惠，恩城州土官，系赵雄杰之孙。"赵雄杰……生子智显、智辉。雄杰死，长子智显未袭死，次子智辉借袭，智辉无嗣，智辉死，兄智显子福惠袭。""天顺八年（1464）十二月十一日致仕知州赵福惠题。"刻于岜白山崖，破天荒以手足模型并赋诗，警示后人居安思危。成化五年（1469），赵福惠又开创恩城土官族谱摩崖石刻之先河。

和赵福惠手足诗原韵

（明）蓝浩

暇日登临玩后岩，许多光景可人看。
大哉五马诸侯迹，耿耿遗留在郡山。

蓝浩诗刻，附在赵福惠之左侧，二诗书风亦无异，疑为蓝浩所书。而赵、蓝二诗，倒是蛮得体。

岜白山七言律诗

（明）蓝浩

太空凿破碧溟濛，幻出仙源一路通。
地角远瞻星拱北，峰巅高望水朝东。
洞阳深锁置瑶月，石窍窥天夜风吼。
江左纷纷夸胜景，卧龙谁识在其中。

蓝浩，自号瑞溪野人。其何许人也，无史料可查。诗刻楷书，略带魏碑之意，因自然风化而笔迹模糊，尘粉覆盖满面，故几百年间竟无人释读。在诗文前右下角边，阳刻有一稍大"言"字，不知有何隐喻。

狂草书诗

（明）陈有能

辞世归山乐所天，一心惟学养长年。
夜间静雨调龙虎，□午披衣点裘□。
耽想浮生联题尽，清闲终日便成仙。
□君与两溪流□，梦见何人做江天。

"隆庆四年（1570）四月廿日，丹崖闲游信笔题。"丹崖，即陈有能，崇善（今江州）人，生平无考。"一心惟学养长年"，想来作者已"退休"，追求与世无争的清净无为。此心态也反映于其写作态度中，通篇"信笔"写来，对仗、重字也都不甚讲究。

然而，如此狂草挥笔于天然石壁之上，线条奔放，点画各异，字形完美，草法与性情恰当融合，实为左江流域罕见的绝壁草书。于其附近尚有几幅同样狂放不羁的草书，因时空远去，已难通读全篇，然仅识数字或灵动笔触，亦可感到书者之高超技法与非凡气格。

题岜白山（二首）

（明）赵彭贤

（一）

寻幽独步观音寺，揽胜频登兜率宫。
满目云山罗法界，诸天洞雁迥尘踪。
忘机林鸟迎人语，引兴岩花向客红。
抚景挥毫题岩壁，诗联留待碧纱笼。

（二）

步入松提梵殿游，翠微深处旦方幽。
风生树叶鸿仙籁，雨散天花点法裘。
访道昔人曾羽化，寻真此地有丹邱。
登檐恍虚普陀境，古柏苍岩不记秋。

"万历元年（1573）岁次癸酉年春王正月哉生明镌刻，恩城三山道人赵彭贤题。"其时，恩城土官赵彭年，与赵彭贤同胞或堂兄弟。二首所言及诗者自署"三山道人"，可见其于佛于道的虔诚顶礼。而此二首诗意平平，并无甚出彩之处。赵彭年与其后的赵芳声诗刻，皆为一寸见方小字，草法尚为规范，笔迹飞动有势。

登观音寺分得"龙"字勉书怀社长韵

（明）赵芳声

不胜槛外频游客，谁识丛中有卧龙。
幽谷云迷松顶鹤，鸣蝉音泠寺边钟。
烟深泪没碑文暗，香篆增华壁翠浓。
觅雅起尘登胜地，来参象教觉愚蒙。

落款"万历乙酉（1585）登观音寺分得'龙'字，勉书怀社长韵，芳声"。诗文之左上有三印章，两至三厘米不等，其一阴文篆书"赵芳声印"，另两印难以识读。

从分得"龙"字看，当时恩城土司与文人墨客雅集唱和之风已相当盛行。然而其他唱和诗文未见刻石，实为憾事。赵芳声后以"族侄"替袭恩城州土官。此石刻为其未晋州官之前所题，"谁识丛中有卧龙"，似乎已志在必得，甚自负矣。

草书五言绝句

（明）赵芳声

未到蓬莱岛，醒时且寄悠。
炼得金生就，跨鹤过九州。

本州二子芳声诗，赵孔至书

二十字绝句墨迹，四行正文，两行款字。狂书于崖壁，大小悬殊，大珠小珠落玉盘，穿插滚动，抑扬顿挫，翻江倒海，气势磅礴。"寄悠"，见宋代陆游《戏题酒家壁》："送了春归又送秋，人间随处寄悠悠。"赵诗与书一样狂，看来恩城"本州二子"还是颇具诗书才情的，也不知此时的赵芳声是否已当上恩城州土官。

仗剑按本州，公余适州守东山公扳游短述

（明）蔡震

会仙岩访会仙人，步入仙岩悟道真。
秘诀黄庭授一卷，长生白发岁千春。
海中莫道无蓬岛，世上应知有古秦。
云水萍踪难定迹，洞天过化勒诗新。

石刻"大明龙集万历元年（1573）腊月朔四日，怀远将军朗宁安所蔡震漫识"。位于岩洞内右边上端，保存完整，笔画中尚存留些黄色涂漆，有颜楷书风神，雍容庄重。上款有"仗剑按本州，公余适州守东山公扳游短述"。东山公，即时任安平州土官李天爌。

朗宁郡，唐设置，即后之邕州。（明）方瑜纂修《南宁府志·兵防志》载：蔡震，始祖清平源县人，洪武初有功累升指挥佥事。景泰初，高祖芳以功累升都指挥使，天顺年往调本卫。祖珪袭指挥、同知，今震袭。

从诗中看，蔡震可能对"指挥、同知"的官位不甚满意，故要到会仙岩中去"悟道"，去"过化"，抒发其"云水萍踪难定迹"的"宏愿"，还要"勒诗新"。外来的官，虽是世袭的职位，也无法限制其步步升高的念头。诗的水平，显然要比当地土官高一些。

会仙岩石柱

（明）安所山人

一柱擎山岳，春秋几万年。
我来应未晚，梅与雪鲜妍。

安所山人，见蔡震前首题诗，有款"安所蔡震漫识"。故安所山人，应为蔡震。石柱于会仙岩内，直径二人可合抱，挺直岩顶数丈高，其上镌刻有此行草之诗。"我来应未晚"，乃此诗主旨之所在。

会仙岩

（明）吴良鼎

邂逅相逢万古岩，崔嵬形胜画图间。
翠柏苍松迎丽日，芳草名花铺锦山。
莺啼绕树交加语，仙迹围棋昼夜看。
吾今特此偷闲玩，何处登临长可观。

　　（明）方瑜纂修《南宁府志·兵防志》之"百户"：吴良鼎，直隶歙县人。看来，吴良鼎是个世袭的"百户"之人，因何事而其到访交通阻塞的边地安平州"特此偷闲玩"的？

　　大新史料收录此诗，错谬不少，连作者也弄错。原石刻有款字"万历四十年三月初九日，邕南葵庵吴良鼎题"。《大新土司志》写成"吴正鼎题"，虽一字之差却已张冠李戴。又称此为会仙岩最早诗文，亦谬也。其比蔡震的诗刻晚四十年，比沙伦的《游会仙岩记》更迟九十余年。

草书墨迹诗（二首）

（明）佚名

（一）

岩泉佳境胜蓬莱，水秀山青梳翠排。
今日应有登眺乐，石台高望上云台。

（二）

览胜寻幽入浮峰，群山剑戟望中龙。
残云流水闲相待，更有雄风到处吼。

此二诗书墨迹，一上一下，夹在"神仙洞府，古乐山城"八大字之中，亦行亦草，犹如今人大幅书法作品的题跋。两墨迹字面覆盖苔藓，然大部分墨迹依旧漆黑如故。前首有款"万历丙午（1606）首夏□□□□"。

养利永济桥

（明）曾贯

万里晴空横蟛蜞，一江云影动鼋鼍。
成功毳玉非鞭石，务重捐金为伐柯。
彤管未题仙井桂，绿烟媿续渭桥歌。
临流酌酒思元凯，犹愧前朝宠赉多。

——《养利州志》手抄本

万里晴光横蟛蜞，一江云影动鼋鼍。
功成毳玉非鞭石，务重捐金为伐柯。
彤管未题仙井柱，绿烟先奏渭桥歌。
临流酌酒思元凯，犹愧前朝宠眷多。

——《钦定古今图书集成方舆汇编职方典》
一千四百四十七卷（关梁考之二）

曾贯，广东番禺人，举人，明嘉靖三十三年（1554）任养利知州。此诗有两个存在差异的版本，可供读者自鉴。永济桥，在古州治西一里，今人称"鸳鸯桥"，通龙英（今天等县龙茗镇）、恩城等处。明弘治十八年（1505）知州罗爵建设，后知州曾贯重建，清代知州王乾德再修。至今横跨利江上，鼋鼍二石岿然屹立江岸。

萃绿亭

（明）许时谦

吏事边城少，探幽得自吟。
构亭倚白雪，伴客憩浓荫。
金印山隆座，龙英水绕林。
溪声风里细，日夜有鸣琴。

——《养利州志》手抄本

许时谦，广东饶平人，明万历壬午（1582）科举人，曾任建宁府推官。万历二十九年（1601）任养利知州，在城西建有"萃绿亭""观鱼亭"两亭并赋诗。诗载于雍正《广西通志》（艺文）、雍正《太平府志》。（清）汪森《粤西诗载》及雍正《太平府志》均作"构亭倚古岸"句。"日夜有鸣琴"，是世人所向往的生活。许州官于养利能享受如此优游的日子，应与其政绩分不开。"吏事边城少"，自然是"政通人和，百废俱兴"。诗，于悠闲之余流露出几分自鸣得意。

观鱼亭

（明）许时谦

地偏心愈远，临眺在幽遐。
石白非关目，林深不碍花。
残隰惟落日，感事总朝花。
鱼乐安知我？秋风自忆家。

（清）汪森《粤西诗载》、雍正《太平府志》均作"石白非关雪"句。陶渊明说"心远地自偏"，许公说"地偏心愈远"，养利乃"边城"，偏得不能再偏了。尽管如此，诗人不悲观，"鱼乐安知我？"借庄子的典故，道出自己的乐观心态！

金印奇峰

（明）许时谦

一颗原从化鹤来，俨然造物为谁开。
紫泥色带花中雾，丹篆文留石上苔。
应耻伯仁金系肘，更催隗郭马登台。
山灵已改前头事，会看风云接汉才。

——《养利州志》手抄本

金印奇峰，养利州十景之一，蕞尔之山，平地凸起孤峰，状如金印，岩内空关，玲珑穿透，可备游观。古称"印山"或"小印山"。山下有二洞：一洞口朝北向，面积有百多平方米，通风采光良好，曾为县某商业公司仓库，此洞无诗刻。另一洞口朝西，洞内右壁阳刻"印山岩"三字，"岩"字左下部及款字已被损毁。洞壁已被人为炸石，洞底以石头、砖块砌成做饲养场或加工场。此岩曾是明清养利州官、骚人墨客雅集题咏胜地，可惜被今人无知或追逐蝇头小利而破坏殆尽，数百年积淀诗文毁于朝夕之间，没于斧凿之下。此是古人之不幸还是今人之不幸？古谓之"蛮"不亦今之"蛮乎"？

清《钦定古今图书集成方舆汇编职方典》第一千四百四十八卷（太平府部），将颈联写成"应助伯仁金系肘，更催郭隗马登台"。

金印奇峰

（明）钟裔

满目奇峰万壑妍，浑如金印最超然。
但教永锁边城在，那用累累肘后悬。

——《养利州志》手抄本

钟裔，万历四十四年（1616）养利州贡生，任云南姚安府通判。

再题金印奇峰

仰洋

遐方留得汉时符，铁券千年授大夫。

影接黉宫同帽落，路施邻郡有龙呼。

室中天巧疑稽穴，夜半月明似魏珠。

曾忆道林知问价，深公犹是漫胡庐。

一个"再"字，说明原已有题。仰洋，应非其名，或为作者字号。查养利州历任吏目，有一位名"管一鲸"，江南人，岁贡，崇祯二年（1629）任养利知州。鲸，即鲸鱼，生活于海洋中。"仰"即向往敬慕之意，"洋"则指浩瀚无边的大海。"仰洋"莫非是"管一鲸"之别名字号？此仅笔者臆测。读罢几首《金印奇峰》，颇多感慨。古之为官者，能诗善书，却绝少错字、别字和张冠李戴，更鲜有无病呻吟。也许，古代加官晋爵所要考核"身、言、书、判"的严苛并非虚言。

养山叠翠

（明）赵天益

一望嵯峨入碧端，青青秀色雾云盘。

障边十里浑无缺，更孕精灵作大观。

赵天益，养利州人，明崇祯丙子科中第三十三名，后任养利州知县。此诗载于《八桂千年游》，亦作名：赵千益。钟灵毓秀的养利山水，成长其丰厚的学养和过人的才气，存世诗文，涵盖着养利的人文精髓。

养山叠翠，养利州十景之一。在州治（今桃城）西三十里，峰头错列，独高诸峦。相传养山有九十九峰。

利水流清

（明）赵天益

潆洄条带欲朝宗，远历诸峦百粤通。
莫道秋来空贮月，桃花春浪起蛟龙。

利水流清，养利州十景之一，在州城西，即通利水绕城水段。通利水，又名通利江，发源于笔架山，经龙英（今天等县龙茗镇）州治，历恩城、太平、崇善流入左江。

清《钦定古今图书集成方舆汇编职方典》第一千四百四十八卷（太平府部），"百粤通"作"百涧通"。

武阳灵山

（明）赵天益

擎天一柱拥边州，气蹙东隅势自遒。
白峦峰头云并郁，绿萝荫下水频流。
障回夕照移千壑，春泻瀛波沃万畴。
自有巨灵长作惠，不敢寒地泣无秋。

——《养利州志》手抄本

武阳灵山，又名武阳山，养利州十景之一。在州治东三里，孤峰独立，四面水绕，古时山下有雷坛，凡遇天旱，祈祷则灵。

悬崖仙杖

（明）赵天益

峭壁孤危丛树空，何仙遗杖挂崖中。
云烟静处堪栖鹤，风雨来时欲化龙。
远影独横秋正老，高标会映日初瞳。
若逢太乙持将去，应继当年照阁红。

——《养利州志》手抄本

峭壁孤危古树空，何人遗杖挂崖中。
云烟静处堪栖鹤，风雨来时欲化龙。
远影独横秋正老，高标微映日初瞳。
会看太乙持归去，藜阁光芒万丈红。

——雍正《太平府志》

悬崖仙杖，养利州十景之一，在州治南五里，今俗名牛屎岬，其山小巧而峭壁绝立，无人迹可到，中间横出一杖，明朝时已相传经数十代，迄今不朽。赵天益此诗因版本不同，略有改动，意境也随之有别，不知是诗者着意修正？还是编者随意的修饰？

散花仙岭

（明）赵天益

仙人归去杳无期，最恨当年莫识知。
花散尽埋幽径里，至今空见草离离。

散花仙岭，养利州十景之一，在州治西三十里。

作为一州知县有写诗的闲情逸致，已属难得。更难得的是，明面上写景，字里行间却充满激情。"最恨当年莫识知"，写花乎？写人乎？

散花仙岭题诗

佚名

串字去中心，同水将共侵。
鬓边无白发，匹马去难寻。

相传养利州土官赵文安在岭下设醮，吕仙变作乞丐临坛，土官恶其不洁，吕乃出手拍门上成金字……后土官悟，追至此岭，只见白马腾空，天花乱坠，故越再岁，土官因曾侵暴邻境弑戮良民，督府捕逮诛杀，宣德六年（1431）改土归流。

改土归流，是历史的必然，但在那个相对蒙昧的时代背景下，假托神灵，不仅更能有天人共愤的分量，也更令事件富于神秘可读的文学色彩。

呼水奇泉

(明) 袁杰

山泉随处有，可怪是兹泉。
水蓄深岩里，人呼出井边。
涌来无德色，消去复渊然。
别有真源在，非关远巨川。

——《养利州志》手抄本

山泉随处有，此独号奇泉。
竟可随呼出，宁徒有本源。
饮人方汩汩，归壑复渊渊。
别有真原在，将无赛利川。

——《八桂千年游》

袁杰，祖籍广东，崇祯丙子科三十九名，任养利州推官。

呼泉之类，各地皆有传闻，大同小异。此诗贵在"别有真原（源）在"，在绘声绘色描述之后，突然来个悬念。这，不应该只是写作技巧吧。同一首诗，不同版本，孰优孰劣，读者可鉴。

呼水奇泉，养利州十景之一。在州治东三里山下，今叫劳屯旁，有石岩泉，儿童呼之即涌起尺余，牧童牛取饮，一二刻间涉下干涸，此亦有灵焉。近年被附近村民以泥石堵塞泉眼，呼泉已不再。

金印奇峰

（明）袁杰

郊外群峰品孰尊，一峰如印立平原。
有岩能致探奇客，无石不留选胜言。
旦晚且看云出入，古今几吸月精魂。
金章字迹将焉在？壁上徒然是篆痕。

——《养利州志》手抄本

悬崖仙杖

（明）袁杰

峭壁千寻不可梯，一枝插杖翠微西。
几时辞却仙翁手，千载留供墨客题。
未信葛坡曾化竹，始知太乙每吹藜。
胜游剧饮谁扶醉，为问山灵肯借携。

——《养利州志》手抄本

观音峭壁

（明）袁必登

头头皆是道，乐处更为天。
岁去松常老，春来花自妍。
卧云堪笑傲，对月可谈禅。
悟得东林偈，虎溪亦婉然。

——《养利州志》手抄本

袁必登，万历二十一年（1593）贡生，任养利知州。

观音峭壁，养利州十景之一，在州治南三里，深丈许，积翠空，塑观音于内，每岁三月三州人游玩，以胜概也。而今人大多知有上对屯益天洞，而鲜有知"观音峭壁"或观音庙之名。"悟得东林偈，虎溪亦婉然"，心在景中，景在心中。此诗亦收录于雍正《太平府志》、汪森《粤西诗载》。清《钦定古今图书集成方舆汇编职方典》第一千四百四十八卷（太平府部）收入此诗，后两句则为"自有参元镜，何须觅坐禅。东林能悟偈，恍在虎溪前"。

题益天洞

（明）杜钟秀

傍岩依树达禅堂，胜景玲珑接大荒。
云暖草芳眠锦雉，月明星灿咏霓裳。

手持杨柳清风舞,脚踏莲花碧水香。
鹦鹉拂屏歌玉露,万年烟火与天长。

有款字:"崇祯甲申(1644)孟春元宵旦,城西星士云行子杜钟秀题。"杜钟秀,生平不详。星士,当地俗称地理师之人。

和杜钟秀题益天洞

(明)赵之英

奇峰开辟就禅堂,岩室清高耀远荒。
昼暖烟霞舒碧海,夜凉星斗灿霓裳。
风临宝殿云初净,月射金盘露自香。
恩泽播流传世界,巍巍灵感镇天长。

赵之英,无史料可考。

又和杜钟秀题益天洞

佚名

石洞奇哉鼎佛堂,灵光遥射白云荒。
慈风动荡开萝径,惠雨淋漓透衮裳。
龙虎操持甘露水,善才广出妙花香。
菩提宝树浑如□,□□良因介福长。

两首和诗刻于杜钟秀题诗之左,次首只见"弟子和",而姓名不详。唱和三首,第三首虽然"佚名"且缺字,但似乎比前面两首更有味道。

送周成德知养利州

(明) 顾清

古松山下一城安,井然参差画里看。
黎庶几年占得岁,朱幡此日长凭栏。
才名岂必惭诸子,忠信由来重百蛮。
合浦明珠连乳穴,大书行见石崖刊。

顾清,字士廉,明代松江华亭(今上海松江)人。弘治进士,授编修,累擢礼部员外郎,嘉靖初以南礼部尚书致仕。此诗收录于清雍正《太平府志》及汪森《粤西诗载》。

周成德,又名周承德,见明人周伦诗《周承德除养利州守即乞致仕》。周成德,何许人?何时知养利州?均未见载。顾清身为高官,为周成德到边地任职作诗相送,可见彼此关系不一般,其诗颇多劝勉之词。也不知道这周成德后来是否"发光"。颔联"长"字,长久耶?生长耶?若前者则平仄不协,若后者又做何解?

周承德除养利州守即乞致仕

（明）周伦

半百灯窗未放闲，一官初檄遂封还。
眼明秋水雏丹凤，身衣春云绣白鹇。
天地尘埃人世外，江山风月笑谈间。
迷途自讶为官在，两鬓年来已渐斑。

周伦，字伯明，晚号贞翁，昆山人。弘治十二年（1499）进士，官至南京刑部尚书。著有《贞翁净稿》《医略》等。诗文见于明曹学佺《石仓历代诗选》卷四百六十四明诗次集九十八。

看来周成德在官场上关系颇深，文教外交公检法司的头领都和他有交往。而周成德刚当上养利知州就打报告辞职（不知是否到职），可见他十分不愿赴任，况且朋友都是位高权重，自己还是一个小小的州官。尽管如此，他那些身居高位的朋友，竟然一点办法也没有：既然如此，不干也罢。

送邵太守赴养利

（明）胡思忠

乾坤五马一麾遥，渚草汀花共寂寥。
旌节晓看冲朔雾，楼船秋喜泛江潮。
万家烟火蛮夷靖，千里风霜瘴疠销。
知尔此身堪报主，岂因歧路叹蓬飘。

胡思忠，明代淮安人，进士，嘉靖间知辰州府，生卒年不详。而邵太守也不知是何人。明清《太平府志》（养利州）及清代《养利州志》均无邵姓官员。古代官员调动频繁，且时间久远史料遗失，以致后之修志者因陋就简，无从详叙。胡知府送邵太守来养利，一如前面顾清之送周成德，均安慰再安慰。然而，蛮夷、瘴疠、歧路、蓬飘等一连串辞令，令人惊心动魄。

叶侍郎父养利州守公像赞

（明）沈一贯

粲粲双瞳，有星其辉。
英英冒耏，有虬其威。
经明行修，为后觉师。
何自咄嗟，不翱于逵。
一乘江洲，五斗彭泽。
讵真讵摄，为哺为翼。
漂概朱崖，宁绥犷域。
讵非赤子，不为衽席。
节廉孝忠，鬼神所通。
社而稷汝，匪民伊公。
有子矫然，云津翼龙。
吾知百年，流响于肜。

见于（明）沈一贯《喙鸣诗文集》文集卷十三（明刻本）。先赞其父，复赞其子，借赞父以赞子。

喜晤吴荪圃同年作八首壬辰

（清）蒋士铨

养利立州城，檄君往兴筑。
雉堞参差围，勤劳上官录。
将迁莺羽垂，曰归持父服。
官廨若罄县，生事且日蹙。
三年抱遗经，坐授生徒读。
岂惟叙钿尽，裘葛俱典鬻。
只有千首诗，光焰穿破屋。

诗见于（清）蒋士铨《忠雅堂文集》卷二十（清嘉庆刻本）。蒋士铨，清乾隆时期著名的戏剧家、文学家。吴荪圃，生平亦无考。

乾隆三大家，有两"家"诗赋养利，此大新之幸也。蒋公文采飞扬，全诗用入声韵。养利州筑城墙，官府征令吴荪圃前往施工。看来这吴荪圃时运不济，从养利回去后穷苦潦倒。尽管这样，蒋士铨还是鼓励他，"只有千首诗，光焰穿破屋"。有诗在，精神就在。然吴荪圃几时赴养利，担任何官职，均无考。

闻叔兄调太平复摄养利州篆却寄

(清)汪文柏

九年仍作倅,所思惟桂林。
未辞炎蒸地,复入瘴烟深。
可曾见飞鸢,跕跕向水沉。
我无少游语,使汝时追寻。
愧作金门吏,星星鬓亦侵。
花前摇判笔,月下偷弹琴。
长嗟骥伏枥,孰识鱼生罾。
有诗难远寄,有酒惟孤斟。
同为鞅掌役,渺若商与参。
念彼白头亲,岂无怀归心。
终当拂衣去,何为苦越吟。

  诗见于(清)汪文柏《柯庭余习》卷二五言古体二(清康熙刻本)。又是一个来养利做官的。"未辞炎蒸地,复入瘴烟深。"看来清代的养利,还是外人谈之色变的荒蛮之地。而且,汪文柏他族叔做的这官还是个代理的。纵有千般不愿,该来还得来。其实,历史上许多外地人如罗爵、王之绪、叶朝荣等在养利州还是很有作为的。汪文柏渲染的这些,也就是人云亦云罢了。

弄月镜台

（清）张琴

宝镜何年掷碧波，砌成一片石巍峨。
不教美女施红粉，惟许高人待素娥。
两水合围烟渺袅，万山遥映树婆娑。
醉昏尤爱归来路，长带钟声过薜萝。

——《养利州志》手抄本

张琴，康熙二年（1663），贡生。弄月镜台，万历《太平府志》卷三（景胜）："弄月幽台，在州前东南三里，田中一大石，高数丈，圆如月，中秋朗，上下相映，人登其上，如在月中。"此景并非今人所说榜屯的"通窿山"。"宝镜何年掷碧波"，诗起句即引人，接下来亦有妙思。

无怀古石

(清)袁简临

嵯峨突兀插层穹,四野苍茫一望中。
云锁洞前迷宿鹤,月明峰顶照疏桐。
擎天劲柱凌霄汉,承露仙茎入碧空。
石榻昔曾谁借卧,悬钟轻击韵无穷。

——《养利州志》手抄本

嵯峨兀立插层穹,四野苍茫一望中。
云拥山腰迷远树,月明峰顶照疏桐。
擎天有骨能楮柱,承露无盘只冥濛。
石榻昔谁曾此卧,羲皇而后兴何穷。

——雍正《太平府志》

袁简临,祖籍广东,系袁杰嫡孙,康熙二十九年(1690)庚午科二十八名。袁简临两个不同版本的"无怀古石",后者似为修改稿。论文字,论意境,当以后者为上。

无怀古石,养利州十景之一,在州治耽江村,离城十五里。孤峰独立如笋,岩内空阔幽静。《大新文史资料》(第四辑)谢安民《养利十景诗十首》一文,说无怀古石在新胜屯。其实在今桃城镇教礼屯附近。

养利州会文馆

佚名

怪石埋沙不计秋，于今一出引江流。
会文馆上谈玄日，知汝有灵亦点头。

此诗载于《养利州志》，而会文馆建设年代、位置、规模及诗之作者不详。

养利十景图

（清）汪鼎隆

蕞尔孤州著令名，有峰如印拱荒城。
养山叠翠无怀古，利水流清永济盈。
弄月镜台峭壁立，悬崖仙杖武阳横。
散花岭畔听呼水，且到迎恩望玉景。

汪鼎隆，宁波府鄞县人，监生，康熙二十四年（1685）任养利知州，康熙《养利州志》校订人之一，康熙三十四年（1695）升山西按察司检校。此诗将养利州境内名胜以诗浓缩传颂，也恰好浑似天成。

恩阳白山岩次司马第四六钦使韵

（明）李明峦

星轺何幸陟巍屼，目尽穷边此日难。
稚子无能拜青雀，丘民应赖睹华冠。
篇诗芋王遗发寺，一律如春遍小峦。
我意亦从文斾动，商量共把早霞餐。

李明峦，明末安平州土官，民国版《雷平县志》中载"十三世李明峦，奉令征邓横有功，加巡抚衔"，可谓文武兼备。此诗石刻，楷体，与其摩斗台石刻书法风格相近，端庄工整，瘦劲而铮铮风骨。较之安平会仙岩飘逸的行草书，行云流水，显示不同的书风及不同书写的心境。

其诗风惯用仙风道骨之缥缈，抒怀写意。可惜"司马第四六钦使韵"不知在何处。

摩斗台（二首）

（明）李明峦

聚星岩有感

鹤啸空山振，林阴燥念降。
鸟迎新客调，梦卷晚风幢。
只此哀余迹，都来愁满腔。
天龙何处食，孤月冷云窗。

摩斗台

陟彼崇山台上台，平临河汉紫圩开。
星铺眼底难输局，月进尊前不落杯。
笑傲乍欢天地阔，吟哦奚待雨云催。
醉忘莫漫闲舒手，怕引玑璇入袖来。

（安土晋阳李明峦题）

李土官二诗，可谓摩斗台开山鼻祖之作。次首，写登临摩斗台仰观天堂俯视人间，纵横开阖，信手拈来，完全掌控于李土司之心手，如此大气才情诗意，令周边土官及文人雅士也逊色少许。

题会仙岩

（明）李明峦

不解仙流第几邦，洞门高敞碧云窗。
无声梵乐神犹在，脱化天龙骨已降。
风入竹林敲木铎，月来萝薜挂银缸。
登临欲驭摩空鹤，假我何年翩一双。

此诗石刻，行草，行云流水而无拘束。诗篇借景抒怀，潇洒出尘，博得后人追捧唱和。此诗收录于清代《钦定古今图书集成方舆汇编职方典》第一千四百四十七卷（山川考之七）。

次李侯题壁韵

（明）梁新水

踏上层台览胜邦，云霞深锁逼虚窗。
寻芳入洞龙蛇见，采药还丹虎豹降。
寂阿岩坐草翠里，苍松柏蔓亦连缸。
空临满目题诗句，海内声名有几双？

款字为"秋日同邹李杜诸君，次李侯题壁韵，南海洁士梁新水"。梁新水，又名梁洁明，广东南海人，生平不详。此诗刻为行草书。可惜，李长文、杜子朗的诗文无觅。

奉和原侯韵

（明）邹洙衍

崇祯丁丑秋，偕梁洁明、李长文、杜子朗游此，即席各奉和原侯韵。

折屐寻芳到此邦，浪游聊作傲南窗。
花铺翠壁千重艳，身入仙源万素降。
天漫鹤声鸣山涧，月移松杉印银缸。
山灵莫谓相逢晚，裁赋空惭国士双。

有款字"小金山人，邹洙衍题"，诗刻为行草书体，大小不一，偶有一两字上下连笔，石面粗糙，线条细小，较难辨认。此诗博得徐霞客欣赏并"余亦和二首"，可惜徐诗无觅。而"邹洙衍"，徐霞客游记中却写成"邹泗洙"，不知是真的老眼昏花还是后人整理游记时疏忽所致？

麦士奇（二首）

（明）麦士奇

永历辛卯秋　晋翁李宪别韵

冲灵勾漏出名邦，云雾扉帘薜荔窗。
罢弈人眠倦鸿唳，坐禅僧老毒龙降。
松林响递苏门啸，石孔草悬佛祖灯。
行径刻来浑不俗，东山屐齿两三双。

永历辛卯秋，即明永历五年（1651）、清顺治八年秋。麦成诗之时，大明江山已土崩瓦解，北方已为清廷的天下。而麦士奇却还活在南明王垂死挣扎的残山剩水里，故于诗前款落个"永历辛卯（1651）"的南明王年号，是彰显其文人之气节？或真的山中无历日，岁岁不知春？

麦士奇题和之诗，引经据典恰到好处，有文士的清高与洒脱。

避　暑

仙洞炎天似雪山，朝随一杖度松关。
梯栏曲折空同里，笑语玲珑响应间。
云湿任从人袋出，树深无数鸟飞还。
莫辞枕石沉沉卧，踏看红尘几日闲。

落款"丽江麦士奇"。雍正《太平府志》：麦士奇，好读书，博学洽闻，尚秦汉古文词性理诸事，清康熙八年举人。性笃孝，时狼兵寇乱，士奇负母夜行四十里，入那寅山中回避。生平好学持廉，设教三十年，卒不能殓，门人殡葬之。所著有《易经翼江》《燕回草》。

题和李明峦韵

（明）徐佳胤

踏尽云山至此邦，苍松屏障翠微窗。
周王马迹曾非让，灵运屐游应已降。
智慧何须参佛偈，光明不必挂璃缸。
我来欲会仙何去？佳句徒留与世双。

落款"金陵后学徐往胤题和"。金陵，即今之江苏省南京，生平不详。此诗刻，楷书，石面凿磨平滑，镌刻相对较精致。

奉和李侯韵

（明）黎猷

天地炎蒸此独秋，乘凉还胜任迟留。
风门似楦寰中概，云府多缘象外幽。
仙弈顿忘尘扰扰，桃源宁问世悠悠。
我来解得浮生理，对酒高歌莫论寿。

此诗落款端人黎猷,而无时间年号,疑为明人奉和。石刻通篇楷、行、草三书体合一,行间如"独""留""外"等草字,楷中间草,草中有楷,于静中偶动,而动中显静,动静相互用,饶有趣味。黎某倒也洒脱,终在寂静的会仙岩中寻得人生真谛,像竹林七贤"对酒高歌莫论寿"。尤惜"李侯"原作(韵)已难觅,不晓李侯是李明峦或另一位李土官?

题咏安平州会仙岩(二首)

(清)佚名

春日又偕友人游岩次韵

窟宅相将斫化元,片云留住晚风轩。
咀华处处闻青鸟,啸月时时见白猿。
莫向极天寻性地,都来此地乐琴樽。
凭君只眼殷勤看,会似樵山木钻痕。

又登岩有感

荒凉有感草阴阴,尘尾临风一快吟。
低唤凤团烹石髓,静调龙准和山禽。
衣冠大抵如春梦,萝薜何妨系野心。
此后益知风月好,不趋寒漏整簪缨。

以上佚名二首题咏安平州会仙岩之诗,见于清代《钦定古今图书集成方舆汇编职方典》第一千四百四十七卷（山川考之七）。因会仙岩多次改造，石刻亦有不少遭损毁。

康熙七年二月春日将晚招聘老游仰山

（清）一觉

邀子寻春上仰山，携壶共坐薜萝间。
清谈少慰当年事，酌酒宽怀今日闲。
好莺密漫芳树回，斜阳紫照碧岩湾。
胜游莫道归家晚，缓踏峰前月影还。

承一觉招游仰山水饮

（清）聘老

约我登山兴正旺，随君斗酒共霞觞。
青苔石上两人酌，好鸟岩前终日簧。
醉谈倚天春色半，遥闻击筑水声长。
牧童一笛斜阳晚，屐印苔钱月满裳。

此二诗写于康熙七年（1668）二月。与明赵福惠土官散文同刻

"岜仰山"石壁，一上一下，一明一清，两个朝代相隔数百年，而其文心却共鸣相通。

奉和聚星岩原韵

（清）赵贵炫

岩名星宿聚，贤士几度降。
踏屐攀箐磴，携樽醉碧幢。
儿童吹旧曲，处子弄新腔。
谁识陶元亮？披风卧北窗。

奉和摩斗台原韵

（清）赵贵炫

摩斗岩阿筑一台，台名摩斗隔江开。
凭高醉唱梅花笛，济胜斟倾竹叶杯。
赋就怀人还自箴，兴浓游骑谩相催。
休言地僻无题咏，太史曾经物色来。

石刻款字为"康熙时四十五年（1706）岁次丙戌仲秋月朔九日，恩山主人赵贵炫题"。赵贵炫，能文善书的恩城州土官之一。

步聚星岩元韵

（清）谢宗德

岩开高屙处，星聚烈前降。
天风吹解带，峭壁映飞幢。
游人忘折屐，牧竖唱归腔。
入眼千峰近，藤萝结石窗。

款字：历城贡元谢宗德。历城，即今山东省济南，其人生平无考。

岁丙寅奉檄莅兹土，公余过此□赋短韵

（清）胡光琭

仙岩一洞开仙府，雾胃云封天地古。
山灵阿护藏鬼神，石怪离奇飞龙虎。
披荆石级恣穷幽，佛像庄严白日秋。
洞中仙子今何在？山下清泉无尽流。

此诗下款字多处损坏，有两白文篆书印章："光琭""金台"。名字前有署"楚沩"，《水经注》：沩水出益阳县马头山。又零陵有沩水。《水经注》：沩水出西北邵陵县界。故"楚沩"应指湖南省人。此诗为一首古风，前四句押上声七麌，后四句押下平十一尤。作者明显是模仿唐朝王勃《滕王阁序》结尾之诗的结构。

题摩斗台

（清）胡光聘

石磴奇危壁，攀跻披荆丛。
屡憩见仙洞，缥缈云气通。
入洞豁双眼，顿觉万缘空。
庄严瞻佛像，覆帱等幨幪。
是谁施斧凿，开此碧落宫。
造物无尽奇，于兹悟天工。
一啸四山应，翘首呼长风。
千古留仙洞，何处访仙翁。
君不见华山二室劈灵鹫，鬼神阿护凭苍穹。
时有仙人来其中，于戏此洞将毋同。

　　胡光聘诗文书法，传承一统书坛的"二王"书风，得《圣教序》形象，也有赵孟頫、董其昌的恬媚婀娜，与胡尧□的书风颇有同工之妙。此乐府一路造势，奔腾而下，神完气足。

丙寅岁随家大人及伯叔游摩斗台学吟

(清) 胡敬铭

欣随杖履步云梯，最上峰头日影低。
洞里仙人不可见，遐心时往太华西。

此诗刻于摩斗台洞口右侧崖壁，有落款"丙寅岁，随家大人及伯叔游此洞学吟，楚沩十二龄后学胡敬铭"。胡敬铭，年仅十二岁，为大新境内所存古代诗文中年龄最小者，正所谓"自古英雄出少年"。

丙寅小春题摩斗台

(清) 胡尧□

灵岩高高十余丈，喷云泄雾天溥濛。
危梯级级入山腰，一洞宏开裹以广。
洞顶盘旋覆似螺，螺深明灭不可仰。
石髓悬流几百年，精灵固结成奇像。
弥勒天生透佛光，垂旒倒薙清朝沆。
前有主人好胜奇，参以天工费精想。
兹悲一疰辟云龛，从此式凭昭神爽。
我来合十礼菩提，叩石狂歌胸臆荡。

俯视民居似砌鳞，环顾众山如排掌。
凭栏徙倚思所寄，流水潺湲发清响。
曾闻此地号聚仙，仙人何处怀畴曩。
安得骖鸾跨鹤恣羁游，访穷仙洞寻仙长。
署鼓无端报晚衙，落日方归心惝恍。

此石刻多处已自然风化或人为损坏，落款"丙寅小春，楚沩胡尧□平望"，款下有一印章，阴刻，破损而难识读。

丙寅麦秋登摩斗台

（清）赵凤池

恩山巍巍恩水秀，神工鬼斧开灵鹫。
一洞深幽廊有容，仙真旧宅乾坤寿。
我来洞里种菩提，大众皈依切瞻就。
愿得慈云幕郊野，同登觉路歌仁覆。

赵凤池，1804年到恩城为官，即恩城分丞。其重建摩斗台，并作文树碑而易其名曰"聚仙岩"。为官一任，造福一方。赵分丞把重建摩斗台说成是"种菩提"，可见他是真的想为老百姓办实事的。诗用仄韵，读起来更觉得急促而铿锵。

丙寅之秋陪金台胡公父台游洞书感

(清) 赵淳理

漫天风雨锁松楸,蝌蚪斑斓几度秋。
血食已随流水去,仙岩空对众山留。
百年古佛新昙贝,千里文星焕斗牛。
回首可怜歌舞地(用成句),不堪重问旧恩州。

金台胡公,指胡光琭,而父台则指赵凤池,即赵淳理之父。父子同台竞技献诗,不失为大新少有的骚坛佳话。

摩斗台

(清) 农宗儒

皎皎明星碧落巅,星光聚处聚神仙。
谁移海上三山岛,竟作边南一洞天。
岩岫巍巍灵特结,威严奕奕佛瑺鲜。
从兹仰山心弥切,俎豆馨香一万年。

大新县境古代的八个土州,原为"侬峒地",后演变"三李三许两赵"。农宗儒自署"瑾山",是否指今大新县堪圩乡有瑾汤村?待考。

摩斗台

（清）赵廷赞

一水自回环，千山相揖送。
天工斧凿奇，辟此灵岩洞。
百怪石嶙峋，倒垂无隙空。
人生夸壮游，登临殊梦梦。
放眼小乾坤，吸尽云阳瓮。

落款"彼川赵廷赞题"，其生平无考。"一水自回环，千山相揖送"，先声夺人，很有气势。

题摩斗台

（清）谢廷恩

仙岩崒崉广而衮，云梯直上云高覆。
飞龙伏虎状狰狞，四壁倒悬石欲溜。
云鬟瓣瓣献青莲，螺髻空中一洞天。
神仙来往浑无迹，灵爽凭依几百年。
君不见白云与鳌头，仙子常到人间游。
怀仙何处寻仙侣，扣石高歌落日秋。

有款字"靖斋谢廷恩题"，其生平不详。

复游此岩口占一律以寄兴

（清）曾绍埕

余粤西一十余载，戊子岁莅治斯土，次秋御篆去后，至己亥旋奉檄来。生平酷好山水，每遇胜境辄好留题。兹山前番未遑赋吟，今重九与沈铭苑复游此岩，故口占一律以寄兴云。

菩提迎面不须猜，十二年前到此来。
仙佛尚然依绝顶，云烟状自绕山隈。
灵石醉菊今如昔，宦海飘萍去复回。
风景细看仍未改，峰峦无恙愈崔嵬。

续赋古风（二首）

（清）曾绍埕

（一）

忆昔狂歌呼饮处，崖前芦白花飞絮。
讵知己亥复重来，星聚岩边旋系驭。
振衣捷足登其巅，长啸一声云散去。
群佛皈依最上头，常施霖雨沾黎庶。

（二）

　　山不高兮仙自灵，嵯岈怪石且珑玲。
　　藤萝晕碧草还青，势俨龙蹲虎踞形。
　　一水漾行轻如泾，四面峰峦列似屏。
　　重阳复值重莅斯，不禁挥毫勒石铭。

　　"道光己亥年秋月楚北曾绍埕题。"曾绍埕、沈铭苑二人，生平不详。曾公于戊子年（1828）、己亥年（1839）重阳两次到恩城赴任。曾公此三首诗，前一首为七律后两首古风，都说"复来"的心情。十二年后又"奉檄来"做老本行，没有"进步"，并不影响曾公的雅兴。曾公此二首古风，严格遵守平水韵，只是有些地方不太讲究平仄粘对而已。

　　曾公诗刻，行草书，兼具篆籀意，初看笨拙，细品则感寓力于点画中，亦应是书坛高人。

安斋与同人黎煜甫李秀山话旧（癸亥）

（清）农赓尧

　　故人阔别经三载，此地相过话旧因。
　　酒晕朵颐还讶梦，霜粘须鬓为传真。
　　瓶梅窗月留寒意，野鹤孤云尚比邻。
　　十斗莫辞今夜醉，起看桃李已回春。

会仙岩次李秀山述先志元韵

（清）农赓尧

蜡屐经年滞此邦，烟霞窟宅近当窗。
划分螺髻峰峰立，倒卸云衣片片降。
卓锡何年归洞府，飞蛾终夜趁寒缸。
画图一幅今犹昔，珍重题名姓字双。

农赓尧，号勉之，宁明城中人，早年颖异，读书过目成诵。雍正辛亥拔贡，壬子举于乡，时尚未改流，故题名录称思明人。谕吏部选任广东高要县知县。将莅任而母死，后遂病疾不起，年仅四十二岁。农赓尧诗见于《宁明耆旧诗词》。李秀山，即李犟，清代安平州土官。光绪十八年《镇安府志》："雍正四年（1726）十月二十六日谕：上年广西省补行大计……今闻广西所属安平、田州二土司，爱养土民，轻徭薄赋，实在他处土司不能及，朕甚嘉之。"又雍正《太平府志》："李犟，居官安静，地方无科派仇杀之事。雍正三年（1725）举行大计，总督孔毓珣、巡抚李绂访实，同田州土知州岑应琪荐举卓异，部议不准嗣奉特旨照流官卓异例，赏以朝服蟒袍，一时荣之。"李秀山，安平州土官。秀山，应为其字号。然而广西人民出版社《诗赋崇左·会仙岩次李秀山述先志元韵》注解：李秀山，宁明县人。笔者以为此说谬也。农赓尧所和诗元韵，即李秀山曾祖父李明峦题于会仙岩之诗。

安平谣四章

（清）农赓尧

一

安平两字好，栽作报家音。
鞅掌十年地，冰壶一片心。
辍耕还抱膝，对月即长吟。
何事惊乡梦，风高急暮砧。

二

安平两字好，稳称小壶天。
环屿朝云满，通山夜月穿。
衣冠留古道，耕作特逢年。
为爱仙岩静，来时一坐禅。

三

安平两字好，户户一竿丝。
□□□□早，风波下钓迟。
巨鳞需倍价，村酒莫论鸱。
醉倒柴栏上，频闻唱竹枝。

四

安平两字好，土物贵知希。
藤枣垂朱实，桄榔耸翠微。
□揸知峒帽，花束小娘衣。
抚字归贤宰，年来俗渐肥。

《安平谣四章》，描述当时安平之人事景物，于今尚可寻到诗人笔下情景，足见诗人的洞察力是如此细微。

题李秀山花间小照

（清）农赓尧

入世谁全真面目，醯鸡瓮里空鹿鹿。
高人丘壑足襟期，养鱼莳花与种竹。
李侯感会得无同，廿载勋名达帝聪。
管领波州旧风月，吏隐身在画图中。
恰遇虎头人姓顾，游戏花开染尺素。
风流山落阿堵间，笔神尽得江花吐。
兀坐匡床日酉时，逍遥齐物畅余思。
间将驯鹤舞阶倦，笑指芙蓉出水迟。
出水芙蓉看欲醉，色如解语花娇媚。
香山韵事偶相符，桃叶桃根安足比。
此时农隙正初秋，花满河阳簇锦稠。
肩豚斗酒公旬暇，问君不乐民何休。
有客鲰生太潦倒，十年足茧安山道。
感君高谊扶风云，我欲因之溯怀抱。

君不见，少陵词赋遍成都，空作昂藏一丈夫。
君不见，五季老人号长乐，须眉无计图麟阁。
男儿功成名立须尽欢，驻颜何必勾漏丹砂药。

  诗人借李秀山的花间小照画作，透析出李土官藏于心中的闲情雅致，更是对李土官"十年足茧安山道""廿载勋名达帝聪"的欣慰和由衷的赞叹。诚然，诗人也巧妙地借此诗作，宣泄个人的人生感悟，无疑是痛快淋漓的。

题李秀山家庆图

（清）农庚尧

邺相流风远，使君集庆长。
绍衣闻国政，退食咏羔羊。
作述承忠孝，清温肃庙廊。
垂髫犹舞勺，数笏已盈床。
砌竹遥生韵，庭柯发桂香。
鹤随人意静，蕉与梦机忘。
倩尔丹青手，将之白玉堂。
乘时方懋德，永矢慎行藏。

贺李秀山举廿四子

（清）农赓尧

廿四日生廿四儿，开樽喜赋浴兰诗。
瀛洲过六名难纪，元凯兼三数当兹。
白发有曾孙未艾，黑发称祖父当时。
他年燕翼承忠孝，好奏埙篪上玉墀。

原注有：秀山起句。

从诗文题目《贺李秀山举廿四子》看来，且李秀山首先起句"廿四日生廿四儿"，应是李秀山又有添丁生子之喜。诗中"瀛洲过六""元凯兼三"应该说的是生子很多，但不应是"廿四"之数，只是诗文惯用的夸张手法罢了。然而，颈联又有"曾孙""祖父"之语，就让人搞不清此"儿"，是子还是孙或曾孙之辈了。

岜翠山

（清）查礼

蛮荒多奇山，处处足幽讨。
爱此一拳石，嵯峨邱壑小。
邃窦颇玲珑，绝涧亦深窈。

飞梁悬峰间，陟险步履棹。
苍苔延寒绿，老树挂萝茑。
亭榭尽凋残，落叶满磴道。
闻当夏秋时，山趾水回抱。
雨余生积阴，烟波增浩渺。
我来霜后天，清景供俯眺。
岩岫逗冷云，境静人语悄。
杖策信忘疲，高怀逐去鸟。
长啸引孤风，空翠坠林杪。

　　查礼，北平宛平人，擅长诗书。清乾隆年间任太平府知府，喜题诗留壁，崇左境内的江州、凭祥、大新、天等均有诗刻。题恩城岜翠山诗，有落款：乾隆己卯（1759）冬十一月长至后九日游岜翠山，宛平查礼题于山□之后崖。

　　此诗于《铜鼓书堂遗稿》中，比石刻原诗少"陟险步履棹""岩岫逗冷云""高怀逐去鸟""苍苔延寒绿"二十个字，全诗也由原来十二句变成十句。

题咏恩城

（清）查礼

四境溪光合，恩城水作城。
兵农存古制，弦诵有新声。
香柚经霜饱[①]，丹砂出矿[②]明。
弹丸山邑小，事简讼庭清[③]。

[原诗注]①产橙子柚绝胜。

②山中有朱砂矿

③恩城向为土州，雍正十年因赵氏职改流，隶崇善县分驻县丞。

此诗未刻石，载于《铜鼓书堂遗稿》。恩城山中朱砂矿遗址今尚见，也依然盛产橙子等水果。而恩城土州改土归流，应为雍正十一年（1733）。

蛮风

（清）李蕃

溯予家世裔兮陇西，随官辙驰驱兮提携。
爰卜居山左兮易睢，予闻之故老兮可稽。
维宋室皇祐兮役劳，乃擒厥巨魁兮智高。
酬庸而锡阶兮示褒，藩篱可化围兮设旄。
永不返故国兮鲁乡，承家而世守兮保障。
历二十三代兮年长，黑齿变我俗兮荒蛮。
诗书渐消亡兮习非，男女共混同兮闺闱。
鸟群而兽聚兮蒙衣，世远而习固兮莫讥。
仇杀其报复为何为，同室而操戈兮可悲。
昏暗以长夜兮无期，纪纲徒虚张兮羁縻。
凶横纵其暴兮谁援，牝鸡而雄鸣兮当轩。
茕茕其向隅兮含冤，疾呼而不闻兮何言。
岂天亦助虐兮不然，胡为遗此民兮堪怜。
其谁能拯溺兮属贤，予心何扰扰兮愁煎。

漠视而永叹兮微官，寝食时俱忘兮仇奸。
狐兔哀相吊兮鼻酸，抗激而东归兮国安。

李蕃，字康侯，清代太平州土官，有善政，曾著《土司说铃》诸篇，颇有见地，后以疾乞休，其子李璋袭职。据说广西巡抚李绂欣然题写"南土牧贤"赐之，以示奖励，悬挂于太平州衙大门，一时传为佳话。此《蛮风》是大新古代众多土官中，唯一载入雍正《太平府志》之作，也为大新历代诗文中少见的"骚体"。诗从家世起一路说来，家国情怀充溢其间。

哭祖母陈太宜人

（清）李禔

禔，少而失怙，早已罹忧，幸重庆庇以慈颜，冀藐孤绳其祖武，乃遭家不造迭闵既多逮于母也。免丧辄以孙而承重，方恨报刘日短，日竟坠于西山，何堪泣皋风寒，风更凄乎古木。余哀未歇，梦魂犹缭绕；松楸新痛，忽樱血泪复。沾濡苦由，恸不自抑，悲泣成声。其词曰：

三载肝重裂，哀鸣忆训词。
和丸谆劝督，遗砚嘱恩慈。
自凛中闺正，尤防外侮危。
巢成劳伏翼，锦制苦抽丝。
慰我终天恨，增余抢地悲。
花荣萱忽谢，星暗婺潜移。

不定风号树，频惊月照帷。

虽将方丹血，一酹九原知。

　　　　承重孙禔敬书

　　李禔，李蕃之孙，清代太平州土官。石刻原立于榄圩乡政府院内，近年被埋于地下。石刻书风取法王右军《圣教序》。纵观此诗，序已动人，诗尤催泪。诗序浑然一体，相得益彰。

　　乾隆四十二年（1777）太平府《重修武庙后殿卷蓬头门碑记》载：太平土州正堂李禔捐资五两。

于役养利（四首）

（清）赵翼

（一）

东风骀荡雨丝斜，细马蹄刚没草芽。

一路鹧鸪啼不断，山山红发木棉花。

（二）

养利坡前足稻田，秧针刺水绿芊绵。

不知二月春犹浅，已似江南五月天。

（三）

蹄涔水溢注前溪，圩落炊烟出屋低。

知是夜来春雨足，四山黄犊尽翻犁。

（四）

偌大空虚境豁开，如何都占石山堆。
无多平地俱耕尽，争向山头种芋魁。

赵翼，清代，江苏武进人。乾隆三十一年（1766）任广西镇安府知府，府治在德保，辖境包括今德保、那坡、靖西及大新县下雷、天等县上映等部分地区。此四首见载于《八桂千年游》一书。此四首及其《下雷道中》三首，清新而细腻，尽得大新风物之妙。

下雷道中（三首）

（清）赵翼

（一）

碧巇丹崖四壁开，肩舆行处首重回。
太平不用巡边隘，直为登临山水来。

（二）

密箐长留太古青，阴森蔽日昼如暝。
树名龙骨藤鸡血，好补炎方草木经。

（三）

不为舆夫要息肩，自支榔栗上层巅。

有山可陟须登历，趁取腰强脚健年。

赵翼，从富庶的江南，来到几乎还是刀耕火种的桂西边境。诗人生逢康乾盛世，胸怀"治国平天下"之志，面对边地交通阻绝、信息闭塞的困境，依然保持达观精神，细微观察边地的山川风貌、民俗风情，而化入诗情。此三首记录下雷州山区百姓，与大自然和谐共处的动人篇章。

树海歌

（清）赵翼

自下雷土州至云南开化府，凡与交趾连界处八百里，皆大箐，望之如海，爰作歌纪之。

洪荒距今几万载，人间尚有草昧在。
我行远到交趾边，放眼忽惊看树海。
山深谷邃无田畴，人烟断绝林木稠。
禹刊益焚所不到，剩作丛箐森遐陬。
托根石罅瘠且钝，十年犹难长一寸。
径皆盈丈高百寻，此功岂可岁月论。
始知生自盘古初，汉柏秦松犹觉嫩。
支离夭矫非一形，《尔雅》笺疏无其名。
肩排枝不得旁出，株株挤作长身撑。

大都瘦硬干如铁，斧劈不入其声铿。
苍髯猬磔烈霜杀，老鳞虬蜕雄雷轰。
五层之楼七层塔，但得半截堪为楹。
惜哉路险运难出，仅与社栎同全生。
亦有年深自枯死，白骨僵立将成精。
文梓为牛枫变叟，空山白昼百怪惊。
绿荫连天密无缝，那辨乔峰与深洞。
但见高低千百层，并作一片碧云冻。
有时风撼万叶翻，恍惚诸山爪甲动。
我行万里半天下，中原尺土皆耕稼。
到此奇观得未曾，榆塞邓林讵足亚。
邓尉香雪黄山云，犹以海名巧相借。
况兹荟翳径千里，何啻澎湃重溟泻。
怒籁吼作崩涛鸣，浓翠涌成碧浪驾。
忽移渤澥到山巅，此事直教髡衍诧。
乘篮便抵泛舟行，支筇略比刺蒿射。
归田他日得雄夸，说与吴侬望洋怕。

　　赵翼题咏大新县下雷山水风物的鸿篇巨制，见于《瓯北诗话》。此诗是典型的乐府诗，与其前面的七绝风格迥异：语言朴实，有的近乎口语化；换韵自如，有数行一韵，也有两行一韵。而其夸张浪漫的手法，更是使全诗高潮迭起。诗中所赞颂之树，当地人俗称铁木，今在下雷、硕龙一带依然漫山野岭郁郁葱葱。

下雷州诸山四咏

(清)萧佘淳

笔架山

谁把如椽插小峰,破荒争看辟鸿濛。
大魁山水流辉远,指顾云烟一扫中。

天关山

边陲重镇此当关,戎索承平未可宽。
却望交夷烟塞近,敢驰西向缮泥丸。

天关山,旧属下雷区中汉街之东北。山势高耸,为下雷土州八景之一。

地轴山

断鳌立极未为奇,边地岩疆仗独支。
不信东南倾一角,三千六百转逶迤。

民国版《雷平县志》载:地轴山,旧属下雷区镇南街东北,山势峥嵘,与天关山接近,每当春秋佳日,登临远眺,则白云在望,碧水迴□,心旷神怡,则心为之一快。为下雷土牧时八景之一。

崇寿山

矗矗峰峦起瘴乡,半天壁立挂斜阳。
从兹日献冈陵祝,永为边氓奠大荒。

崇寿与万寿、玳瑁、牛角、峨眉诸山,环列于下雷区之中汉、镇南两街,势皆雄伟,为该街市(下雷)之屏障。

萧佘淳,广东嘉应人,监生,乾隆二十一年(1756)下雷土州吏目。萧诗见载于光绪十八年(1892)《镇安府志·艺文志》。

观稼(四首)

(清)萧佘淳

(一)

扶筇郊外野情添,一带青苗著雨酣。
回首更看深坞里,蛮婆踏臂各腰镰。

(二)

黄云漠漠满平畴,早稻晚禾次第收。
炎海不须三白兆,丰年早卜室无忧。
自注:雷地稻分早、晚二种,见气候内。

（三）

千畦穮稏趁风斜，多稼如云只浪夸。
五瘴由来知不染，相随田畔祝篝车。

注：穮稏即稻子。

（四）

蛮地亦知稼穑艰，士依妇媚竞相先。
家家小筑收禾把，即是豳风七月天。

自注：土俗束禾贮藏仓曰禾把。

啥叫体察民情？萧吏目的诗，应视为形式别样的"调查报告"。公务之余"观稼"，岂非调研？相比之下，生于斯长于斯的土官倒很少有汉官的这种情怀。至少，此类题材在土官的诗中是比较少见的。

下雷土州舍与门人童正一同宿

李少鹤

久役此暂息，临阶披夕风。
山形入番接，月色与华同。
我意子能解，宵谈晓未终。
宁知对床处，信宿瘴烟中。

李少鹤，山东高密人，清乾隆曾两知归顺州（今靖西），也到思明府（今宁明县）为官。于宁明、扶绥、崇善（今江州）留有题诗。与其兄弟李宪噩、李宪暠并称高密诗派"三李",此诗见于《三李诗抄》。

童正一,归顺州(今靖西)人,系李少鹤门人,生平无考。诗不难解,自然明了。诗风与二人关系的融洽、轻松氛围是一致的,看来这李知州情商不错。

岜白山

岑惟贞

蹑蹻穿云步洞天,□□佳致绝尘烟。
先人留迹痕常在,明月□□思惘然。
长寿岩遗明篆石,清潭洞里暗流泉。
我来登眺观音阁,圣像巍峨永世传。

岑惟贞,壶城人,生平无考。崖壁墨迹。

诗题岜白山

陈广

崒嵂仙峰插半天,半天平处有神仙。
赵家手足空留迹,赖有诗名万世传。

陈广,壶城人,生平无考。题诗墨迹的第三句,把赵土官之手足模型留在山崖的意义给否了。

乱语一首

屁子囗人

足年归林讲道精,不求财富不求名。
簸蓑秋云溪边坐,频载壶中竹叶青。
自笑无人陪伴饮,忘邀黄野共携行。
罗浮望景游兴乐,白雾霪霰来旧亭。

书写在崖壁的一小石窝里,少了些雨淋日晒,墨色还算完好。然此公恐为怀才不遇者,不然何取个"屁子囗人"之名呢?且诗通篇也就是"落魄"二字。然其书潇洒率性,有民间艺人书写的趣味。

岜白山题诗

佚名

扫石我只曲肱眠,醒来时有客谈玄。
松风不用蒲葵扇,坐上青石百丈泉。

此首即兴而题岜白山崖墨迹,算是古风,头两句倒也挺潇洒。

岜白山题诗

佚名

堪叹恶陟赏景多，微翠山高□普陀。
观音妙阁请龙现，长寿岩□似凤窝。
谁省洞中仙登此，□□□□后人俄。
为有此崖星□□，□□赞□对月和。

此诗文楷体墨迹，能于石壁上悬腕书写，铁画银钩，顿挫使转，一丝不苟，点画精到，疏密得当，形完神足。能书，乃古人本能之事，而又能诗，自然非同小可。虽不知书者何人，但其爽爽一股风神亦足以令游人注目。

岜白山题诗

佚名

□□□艳接碧天，山岩绝□涌寒泉。
静中谁识□山鸢，□□□□郡守贤。
置作槛前花滴露，处□□□玉生烟。
正当此地眺风景，□□□□□里仙。

此楷书墨迹多有脱落或漫漶，残字里可知书者笔下功夫也算不错。

月台

袁□

词客相携踏翠峰,观音岩景胜崆峒。
骚人索笔题美景,游子振衣访洞翁。
诗就山中神鬼泣,剑横汉外斗牛冲。
登临未尽舒怀抱,不减当年晋谢风。

此诗文墨迹,落款:"□廪膳生袁□题"。被粉尘积盖难辨。书法写得较为稳重,中规中矩厚道老成。

姚泗滨与汤行我游饮题

汤行

月室顶上访仙灵,纵步凭高见水滨。
今日与君游胜境,大都宜醉不宜醒。

此诗上款"姚泗滨与汤行我游饮题",几被岩浆苔藓侵蚀难辨。

登月台

姚泗滨

放荡尘寰已数年，年来空忆未逃禅。
于今脚脱尘寰去，直上高台访洞天。

　　诗文落款"南海姚泗滨"。姚泗滨与酒友汤某相邀登月台，开怀对饮后互酬诗书，留下的诗句，也不怎么讲究绝句规矩。倒是墨迹线条粗犷而灵动，结体随石附势而生奇巧，大有北碑纵横开阖之势。

丙午秋日游古洞即事

碧霞

崖前坐立惜深秋，眼底萧条异旧游。
荆棘白云留古洞，夕阳红叶满荒州。
骚人登眺山偶静，世路浮沉水自流。
试问双溪名利客，不知螭蚌几时休。

　　碧霞，应是个信士。"丙午秋日游古洞即事。"与壁间另有的万历丙午题诗是否同期？或清或明人？难考究。崖前深秋，眼底萧条；荆棘、古洞、夕阳、荒州；山偶静，水自流。一片萧杀凄凉。诗人在问"双溪名利客"，其实何尝不是在问自己。

岜白山

（清）赵玉

自爱江山趣，吟哦笑逐移。
烟萝忘得失，石壁记毁誉。
树静尘埃少，岚沉气霭余。
闲来诗四漫，不必借霞裾。

岜白山

（清）赵玉

独步山幽寂，谭恣武穆冤。
有情怀谢屐，无梦笑□□。
壁间猿声□，休□□□。
□□□寄迹，画图入桃源。

九日与庆兄登高

（清）赵玉

重逢佳节爱吾邻，台静登临绝俗尘。
玄鸟踏残红叶树，黄花笑向白头人。
能容傲骨千峰旧，已卜违时万态新。
今日题句怀尔我，茱萸酒酌与谁亲。

赵玉，清代嘉庆年间恩城庠生。前两首同题一处，一上一下，一竖一横，行楷书，有颜体风貌，墨迹已浅淡。第三首于另处，行草，墨迹浓黑。曾见其为茗盈州土官族人即岳父大人墓碑撰文书丹，颇具文采，寸楷也是规矩而有态，可称多面手。"自爱江山趣"，读书人喜寄情于山水。赵玉或许怀才不遇，然其并不孤寂，"黄花笑向白头人"，山野景物也为其豁达而感染。题诗之余呼朋唤友，"茱萸酒酌与谁亲"，此亦人生一快也。

九日与礌登高

（清）赵宗显

臻闲携友上层台，落帽秋风去复回。
黄叶已随双涧落，绿尊聊为重阳开。
醉中菊蕊间相插，壁上诗怀静自来。
世事浮沉且莫问，欣逢佳节喜相陪。

此诗紧挨着赵玉之墨迹,"磻"可能为赵玉之雅号,赵宗显与赵玉,为恩城州赵氏土官族之后人。恩城赵氏土官多好文墨。赵宗显此诗写出了土官族的安逸生活。而面朝黄土背朝天的老百姓,焉能有如此雅趣?

岜白山崖题诗

(清)赵宗显

临高邀友登平荒,薄暮双溪见钓郎。
细雨霏霏蓑不戴,狂风烈日筏何藏?
知机鸥露寻幽处,无术黄莺绕荡桨。
闲攀□□卧□□,□□□□□量。

岜白山

佚名

登高乍遇九秋霜,何事穷途度夕阳。
西岭空余双眼碧,东篱谁送满樽香。
堇坏怅望乡山远,菊径能添旅痕长。
未敢题糕羞短句,颓然□坐□庄荒。

岜白山和诗

佚名

赏菊邀群踏雪霜,因思帽落步重阳。
登高天色峰峦碧,望远云连野□香。
飒飒金风□□□,霏霏玉露□□长。
□□□□□□,□□□□□荒。

岜白山和诗

佚名

秋风氤氲结白霜,踏上九层看夕阳。
□府参军梦落帽,昔年桓老且屐香。
避灾何足长房说,遣兴惟□白衣长。
刘朗□□□题字,宋子□□□敏荒。

人生不如意事十之八九。这几位佚名诗友,重阳登高的唱和题壁墨迹,尽管已难观全貌,但佚名的三首诗写的尽是"不如意""不如意""不如意"。

题岜白山崖

赵瑶

石壁烟萝是故封,我来休笑退身迟。
看他夺利公何在?只见青山似旧时。

灵隐洞诗刻(二首)

(清)李庆荣

(一)

满山云蔚与霞蒸,洞府非缘见岂能。
一瓣香清传晚磬,数篇经静泠禅灯。
斜阳野鸟啼春树,峭壁轻烟锁翠藤。
快脱名场风浪远,托身已在最高层。

（二）

云衢叠叠了登攀，直体凌霄非等闲。
不为凡情来乞佛，惯由诗癖爱看山。
峰回翠陌烟村外，水拥平畴野树间。
一点红尘飞不到，逍遥尺地即仙寰。

李庆荣，字春圃，清嘉庆年间太平州土官，系李诚之子、李禔之孙。其序文所言"遂迨壬申（1812）夏，予以疾乞身得解组"（退隐）。另有史书又记载其因官德而诉讼缠身，道光二年（1822）被革职，二者说法有出入，待考证。

题灵隐洞

（清）王巘

神工鬼斧妙无痕，百级山腰辟洞门。
半壁青灯荧古刹，一声清磬落前村。
禅林听鸟传三乘，法界焚香净六根。
我历风尘来至此，留题惭愧姓名存。

题灵隐洞

（清）陈兆熊

百仞山腰显洞天，巨灵开辟自何年。
层层曲磴横依斗，叠叠回峰秀拱禅。
虚谷幽传金磬韵，梵台青锁玉炉烟。
来游我亦尘中客，欲向优昙结静缘。

题灵隐洞

（清）黄燕斐

独辟玲珑界，离奇写化工。
楼台开幻境，洞壑镂炉空。
云散千山雨，钟沉午夜风。
璿房今宛在？那复羡娲宫。

此碑立于嘉庆十八年（1813）癸酉暮春，品相完好，因远离俗尘，亦少有世人纷扰。李庆荣、王喊、陈兆熊、黄燕斐诗文同刻于一石碑。通碑由"羊城陈兆熊题并书"，楷书，字大如指，镌刻人凌旺。碑右上有椭圆形闲章"摇笔弄青霞"。碑文之上另一层岩洞壁，有壬申年（1812）题写诗文墨迹。李庆荣等诸士文采飞扬，信笔拈来，引经据典，抒怀登临"灵隐"景致之感，蔚为壮观。

游会仙岩七律五章

（清）涂开元

孟夏奉波州，偕监州茅樵吴观峤、李衡斋处士游会仙岩赋七律五章。

（一）

十洲三岛两茫然，谁信人间会列仙。
万古云霄开雪巘，千轮法象涌金莲。
清高乍接琅环境，幽敞如临兜率天。
记得雷裳同咏日，大罗小别已千年。

（二）

幰帷才驻古波州，便向名山结胜游。
峭壁嶙峋蟠宝盖，悬窝萦绕挂晶球。
排云但见神仙宅，挂笏同登羽客楼。
我欲乘风凌绝顶，高寻净宇问浮丘。

（三）

巉岩突兀拥奇岚，元气浑沦压斗南。

佛手嵌空摩石室，仙家说法现花昙。
洞前招鹤邀茅伯，座上犹龙是李明。
更有西江吴处士，饮泉一掬快清谈。

（四）

扶桑红日照边隅，一入仙崖景色殊。
翠滴苍藤寒古磴，霜含懊馆抱元珠。
诸天世界凉如此，九夏仙人住得无？
且向前因同证果，矞云高处是方壶。

（五）

见说群仙下九霄，羽衣鹤氅步云峤。
人游瞻部三花落，地尽中原一柱标。
遂有灵妃来鼓瑟，争传帝子善吹箫。
广寒试听钧天乐，四大皆空慰寂寥。

"广西太平府太平州汉堂俸满即升州正堂楚北春樵涂开元题并书，道光丁酉年（1837）镌。"涂开元（1785—1862），清代湖北嘉鱼人，字光复，号春樵，拔贡。嘉庆十九年（1814）任武英殿校录。道光十年（1830）后曾任广西太平州同（佐官）、署崇善县事、署河池州事、土思州同、署龙胜通判、桂林同知。后以年老辞官归故里卒。有政声，河池人呼之为"涂青天"。此五首未曾有载，笔者近岁攀岩校勘而成。

步和涂公会仙岩诗原韵并序

（清）吴□夔

　　同治甲戌季秋月，予捧判波州，与三公子华甫、故人萧正斋同游会仙岩，指读石刻涂公诗，取原韵索和。夫以风尘俗，更既无淹博之才，日暑催人，已增迟暮之感，怅十年之戎马，未遂鸿勋。慨千载于隙驹，永怀羊传，惭非大雅，歌咏名山，勉就俚词，殃灾珉石，亦适足遗笑山灵已耳。

（一）

登临结伴兴陶然，幽静诚堪聚众仙。
岩口香凝参碧桂，石头蕊长泛青莲。
漫夸海上多灵境，须信人间有洞天。
桃熟三千年胜会，未知此会是何年。

（二）

灵奇艳说古神州，托兴聊为汗漫游。
题句莫描坡老笔，参禅谁踢雪峰球。
悬崖列坐诸天佛，绕磴如登七级楼。
太息群仙欢会散，空从此地觅丹丘。

（三）

远山拖翠挹晴岚，胜迹天教界越南。
手泽千年留石髓，心香一瓣供优昙。
吹箫客竟逢萧史，问礼人偏是李明。
伐桂苦无柯斧石，且来仙窟肆清谈。

（四）

飞仙原惯住山隅，鬼斧神工与世殊。
石壁忽开宣讲席，松坛常挂诵经珠。
装成碧落三千界，隔断红尘一点无。
相约共筑丹灶迹，茶烟半榻酒盈壶。

（五）

层峦耸秀接青霄，曾记升仙尚有桥。
寂寞虚堂成故迹，摩挲残碣想清标。
临风几欲翔云汉，何日重来试洞箫。
惆怅夕阳携手去，一声长啸碧天寥。

"光绪丁丑年夏五月，罗湘凤楼吴□夒甫草。"吴□夒，同治甲戌（1847）季秋月指读并和涂开元诗文，于光绪丁丑（1877）夏五月（甫草）镌刻。大新史料曾有收录，然错谬亦多，今皆校正。

据查，清同治戌年（1847），时任安平土官李秉圭，而三十年后土官为李超绪，两土官干了件文雅之事，也算是一个功德吧。然为何三十年前题诗，三十年后才"甫草"上石呢？其中的蹊跷有待挖掘。加之，会仙岩李侯诸多诗和，又有唱和涂公的吴某及另一已漫漶的七律五章墨迹，足见当时官场诗文之盛。

清泉

（清）许瑞莲

泉出从何处，在山水更清。
依稀冰鉴影，仿佛玉壶形。
混混超尘境，涓涓涤俗情。
渔樵欣共话，仁智喜相迎。
心写骚人句，濯歌孺子缨。
越南通雉贡，四海庆升平。

民国版《雷平县志》：许瑞莲，咸丰年间庠生，下雷人。此诗收录该志。清泉，在下雷镇南街崇寿山脚，下雷土州名胜之一。

漫兴

（清）蒙获珠

三春花鸟雨如烟，百尺楼台人似仙。
闲来别情都不管，一觞一咏一陶然。

书感（二首）

（清）蒙获珠

（一）

又老当年二十秋，怕将旧事数从头。
少年空负凌霄志，老境浑如下水舟。

（二）

人到困难方识苦，花无风雨不知愁。
年来英锐消磨尽，一任人间呼马牛。

述怀（三首）

（清）蒙获珠

（一）

手耨心耕年复年，愁怀每在夕阳天。
诗书有用终无用，翰墨良缘转恶缘。
稽古且犹惭后辈，养才安敢比前贤。
人情近似风波险，桃李成荫也枉然。

（二）

互催哀乐感中年，一世真如分二天。
豪杰有怀多述酒，遭逢世事不随缘。
趋炎附势嗤鹰犬，志道依仁学圣贤。
世事从来看得透，不妨冷暖两欢然。

（三）

诵读诗书不计年，雄心直欲摩青天。
封王拜相无难事，加爵藻渊各有缘。
栏羊他时美名赋，骑马成文冠世贤。
狂奴故恶今类昔，天壤天都莫概然。

人心叹（三首）

（清）蒙获珠

（一）

人心不同如其面，此中真伪有谁见。
由来幻想一萦胸，白云须臾苍狗变。

（二）

人间万事无不有，世情反复看已久。
纷纷相率皆伪为，当面输心背面否。

（三）

莫将人面信人心，面见于外心难剖。
人心变幻不可知，安能为之辨好丑。

书意（五首）

（清）蒙获珠

（一）

问我生涯百不忧，春香春色满皇州。
老夫尚有少年乐，一任人间笑白头。

（二）

自来一酌散千忧，放荡行踪溢九州。
好山好水随处乐，何嫌老大雪盈头。

（三）

人间随缘可忘忧，放怀端赖有青州。
近来诗胆十分壮，一咳尽低小鬼头。

（四）

人生自古不同忧，漫道诗数错九州。
一胆文章声价重，通明殿里占龙头。

（五）

问君何事足消忧，特意寻春到别州。
忽得梅花香嗅铩，一时喜气上眉头。

歌圩怀俗诗（五首）

（清）蒙获珠

（一）

男女成群似集鏖，长歌短曲乐殷殷。
此等竞眉争妍态，江汉遗风郑卫纶。

（二）

江汉遗风郑卫纶，歌圩陋俗实堪喷。
从前事隙讲农事，那似今人任意行。

（三）

那似今人任意行，不遵古制昧前因。
春祈秋报欢农佺，借作讴歌宴六亲。

（四）

借作讴歌宴六亲，敢违伦理效私奔。
淫风恶俗从此起，何日得睹雅化湻。

（五）

何日得见雅化湻，概将恶俗尽更新。
召公重布文王政，遗爱甘□□□。

民国版《雷平县志》：蒙获珠，字亮臣，清光绪贡生，今雷平镇太平西街板巴村人。诗亦见录于该县志。《书感》（二首）、《述怀》（三首），都是"感怀"，感人、感世亦感己。《人心叹》（三首），也都是一个主题：人心叵测，变化无常。《书意》（五首），则是以一个"忧"字写自己的心境。"百不忧""可忘忧"，其实是百忧难忘。《歌圩怀俗诗》（五首）则采用顶真手法，抨击歌圩的种种"不是"，总的来说还是成功的。雷平，乃"边蛮"之"边蛮"。有诗若此，已属不易。

查椒山

(清)谢上诏

独占乾坤荟萃优,高凌云汉气华浮。
名山多有名山迹,一笔题称万古留。

谢上诏,民国版《雷平县志》:咸丰年拔生。查椒山,位于今下雷镇仁爱村那孔屯旁,山崖上有清人题诗墨迹,可惜年久而漫漶难识。

沐恩墨迹诗

信士得云

混沌初开碧洞㸌,慈□光降护波阳。
手持杨柳长春绿,脚踏莲花九□香。
万户承恩添吉庆,千家□□赖安康。
黎民到处求谋事,妍丑□签每露详。

碧云洞,位于宝圩乡宝圩街观音山,清代嘉庆十一年(1806)辟为观音洞,洞口上镌刻榜书"容光普照""碧云洞",岩洞内有不少题壁诗文墨迹。

望岩（二首）

（清）廖恕仁

（一）

碧云别有碧洞天，我辈登临亦偶然。
绿树阴浓供座上，青山掩映向台前。
逍遥岭地真成佛，快乐幽居亦作仙。
美景一时观不尽，聊成俚句表承牵。

（二）

白云飞飘碧云归，绿竹还侵紫竹庭。
灯窗光摇金凤影，烟香缭绕手螨馨。
钟鼓□水是龙喷，□振原□便味冥。
九叩龛前施礼毕，佝偻来往刻不停。

碧云洞

（清）黎映兰

碧云洞接碧云天，沐浴诚心只自坚。
昔日沾恩全吉庆，于今感戴得灵签。
禅关有意迎仙侣，觉路存心拜佛前。
自古流传崇积善，从兹愿降福绵绵。

落款：荷城香林黎映兰题。荷城，宁明县及贵港市均有此称呼。

地板屯题壁

（清）黄焕章

伊皋旦望古名臣，半起山岩半海滨。
大泽龙蛇终启蛰，高岭猿鹤久相亲。
或居云窟甘蟠住，耻附庸流公引伸。
待得蛮夷诚向化，黎元同庆太和春。

民国版《雷平县志》载：黄焕章，安平人，清光绪年间庠生。《广西少数民族碑文契资料集》：太平土州《李府二姑太之墓碑》（民国十二年十月十九日立），其落款：前清郡庠师范生自治议会会长黄焕章拜撰。

和黄焕章地板屯题壁

（清）李建兴

云游山水作羁臣，羞世贪得几蹈滨。
此处尘清余独爱，名崖幽静谁同亲。
有才堪使石头点，皆效乞怜将手伸。
为士首须贤作本，麟经尤贵在王春。

有款字：安平星士李建兴敬和。黄焕章与李建兴诗，均为墨迹，在今堪圩乡地板屯附近山崖。

劝善戒盗长短歌

(清)黄凤岐

署万承州汉堂兼龙英州汉堂杨□□抄刻

四方民,大和好,听我长歌兼短调,劝盗化为良,劝良莫为盗。最关心,在年少,父母能生不能教,任你满天飞,好比无巢鸟,赌得无衣服,荡得无食饱,打火出求财,杀人如麻草,不管本地郎,不管外江老。

初入场,胆犹小,试一次,心便巧,忽装商客卖茶烟,忽假兵丁戴草帽,忽作牧童形,忽作樵夫貌。常探水,先放钓,早埋伏,传暗号,到了时,一声叫,刀棍两头施,货客三边倒,纵然有脱逃,那能顾财宝。

听你们,各分俵,多多少少,上腰包,分道扬镳。谁喊报,吃不尽,又赌嫖,转眼更无聊,还去做强盗,自命好英豪。谁知道,天不饶,大股且勾消,况尔小麼幺。团兵抄,事主到,不怕你不供招,纵不口供招,也凭目证了,身首异形,使你父母妻子难料。

说当初,你何不晓,到今朝,鬼不来吊,谁说盗有道,不如为善妙。好身手,好头颅,终要好心窍,虚心听我言,洗心入神庙,提提做好人,何况生来好,传作太平歌,父母各勉诏。

光绪丙午夏闰四月月几望安化黄凤岐作于太平郡署之种茂园

黄凤岐(1851—1933),字方舟,号芳久,晚年自号蠢良子。安化县人,光绪十四年(1888)中举,二十年成进士,曾任太平府知府。此长短歌石刻已佚,然其内容在今看来,还是有警示教育作用的。文见于《广西少数民族地区石刻碑文集》。

下雷土州许氏族谱排序

（清）李玟

祖上天元太志高，福海永通顺世豪。
国宗应泰光文武，定毓庆瑞嘉铨朝。
裕乃承基丰厚朴，勤能守俭大功劳。
从新知识荣千代，卓旧英雄独一鳌。

　　诗作后有"此乃不按原字，或尾或傍，宜者用之"。李玟，号怀川。《雷平县志》载：光绪年间太平州拔生，系太平土州末任土官李珆胞兄，擅长医术。李玟与李建兴之诗，其意皆平平，了无甚特色。

硕龙将军山

（清）唐□元

周流教化上高岗，连袂学娃到福堂。
栽培瑶草琪花贵，聚会云阶月地扬。
万里长江围玉带，千波大水涌银缸。
峰峦美景看无厌，一路萦旋快徜徉。

宣统元年蒲月五日

硕龙将军山

佚名

权树旌旗驻硕龙,公闲游览偏高峰。
山河庙貌留芳径,树下将军想古风。
边境牺牲伸节义,千秋血食报英雄。
对疆华图浑如昨,饮马江湄水尚东。

硕龙将军山

佚名

锦绣山河一望收,沿边十里尽谯楼。
金碧依旧□□色,铜柱维宣远大猷。

将军山,在硕龙镇桥头,旧时于山间设有宋公庙。

将军山宋公庙

佚名

落拓他乡黯忧忧，满怀心事对谁谋。
当年伍员吹吴市，今无王僚慰我愁。
所愿不从□□□，否有欢肠拾□□。
宋公庙□□□□，□□□□□□。

题土湖后山

雷山扶风居士

何处堪游目，此崖得自然。
远山罗列峻，平野穴寥天。
绿水流村外，鸣莺弄树边。
有歌皆互答，知趣却忘年。

　　扶风居士，其名不可考。
　　土湖后山，在今下雷镇土湖街，旧时因有一流浪者隐居山崖，故当地人又称乞丐山。

题土湖后山

映寨高阳居士

岩在翠微顶，高山一望平。
浮云天外起，飞鸟树间鸣。
四五童吹笛，两三老锄耕。
峰峦浑若画，此地真怡情。

映寨，即天等县上映乡。高阳居士，即许姓，无署名，不可考。高阳居士这首诗，把景当成画，也把画当成了诗，前三联就是一幅令人赏心悦目的山乡美景图。

戏题土湖后山

陵城云游居士

仆仆风尘到此间，相携好友共联攀。
登临宛似灵虚洞，步上俨如太极岩。
半壁嵯峨真胜概，一端岗岭若回栏。
远观黑雾层峦起，近望白云出岫山。
侧左林泉源滚滚，面前流水曲弯弯。
村童吹笛知音少，野叟狂歌句未悭。

隐士栖身怀煮茗，贤人高卧兴烹餐。
农夫戴笠耕田亩，渔子披蓑钓石滩。
树上鹧鸪频鸣噪，枝头鸟语韵呢喃。
围棋酌酒幽情趣，博弈吟诗愧自惭。
暑气乘凉堪适处，赏心乐事却忘还。
有缘他日重来会，扶杖随行皓发颁。

"民国十七年（1928）桂月，陵城云游居士题"，作者生平不详。

偶题土湖后山

雷阳天水居士

一半天高山又峨，骚人到此任蹉跎。
水弯弯，村婆娑。
隔岸浣女樵叟过，村前鸡唱鸠鸣河。
几片浮云山外起，良田数亩泛清波。
乘凉处，消暑坡。
观一观，乐还乐。
谁人识此趣如何？
青石上，诗兴索。
不必错看累土歌。

天水居士，"天水"，为赵姓传统堂号。土湖山乡的淳朴景象，倒是令这位居士大发诗兴，如果配上曲子，当也不失为一首吟唱山乡的好歌。

题土湖后山

雷堪陆香

启蒙土湖地盘中，日玩崇山修竹风。
空际盘旋翥鸟凤，湖中潜伏处虬龙。
一时变态俨如昼，万物油然自有容。
疑是太平成景象，细推国民更光荣。

雷山、雷阳、雷峰，皆指下雷。下雷州，唐羁縻蛮地，宋置下雷州，元因之，明初为下雷峒（时州失印，因废为峒），属镇安府。嘉靖四十三年（1564）改属南宁府，万历十八年（1590）复为下雷土司州。天启年间改为下雷府。清康熙年间复为下雷州，雍正十年（1732）改隶镇安府。光绪十二年改属归顺（今靖西）直隶州，1913年8月隶镇南道。1928年，下雷与太平、安平州合置"雷平县"。

题土湖后山

雷峰陇西居士

散步登高处，四围归望间。
云中万仞出，村外一溪湾。
鸣禽飞绿树，白云傍前山。
畅怀真得地，乐意不思还。

陇西居士，"陇西"即传统姓氏堂号。

别化溪

崔毓荃

半载勾留宦迹空,清溪变化又秋风。
来朝走马悠悠路,水自西流我自东。

化溪,大新县龙门乡(旧名万承)一条小河流。

养利道中

崔毓荃

(一)

炎天路畔忽严寒,冷雨凄风过养山。
却想劳人真草草,输他岩下牧童欢。

(二)

永济桥南接永安,游鱼水底耐人观。
薰风似惜征夫苦,飒飒徐吹下碧峦。

养利州,设于唐末宋初,赵氏土官,明宣德六年(1431)改土归流。

崔毓荃，清末民国时的宁明诗人，曾任万承州（今大新县龙门）弹压官，后辞官归家教书，有《薰生诗草》传世。

太平州道中

崔毓荃

走遍崎岖四百程，一肩行李宦囊轻。
岩岩石认归槽马，淡淡烟飘出谷莺。
溪水阻人难觅迹，野花笑我不知名。
行看无限峰峦色，遥指瓠山是太平。

太平州，大新县八土州之一，原与安平州同为波州，宋皇祐初改安平州，元代析出太平、安平二州。此诗，手法颇娴熟。

留别万承州绅耆（二首）

崔毓荃

（一）

冷咽平生一片冰，秋凉无限感频增。
云来乍补青山缺，波起难回白水澄。
三日菜羹忘宦味，九团粮赋劝民升。
辎轩若问崔郎事，满抱清风出万承。

（二）

鼠牙雀角费裁端，我为苍生欲废餐。
早识宦途浑似茧，忍看民罪枉于犴。
万家幅陨忙中主，五月衙斋梦里官。
寄语服劳诸父老，龙门无复望归鞍。

万承州，唐朝设羁縻州，辖管今龙门、昌明、五山、福隆乡及隆安县的屏山、布泉乡。万承州许氏土官，民国期间改土归流。

万承道中所见

崔毓荃

乍领官衔别故园,谁知此地有龙门。
万家烟火增予感,百里云山断客魂。
健马并忘经路险,轻车难访遍闾宪。
九团辽阔鞭何及?愿借仁风扇一番。

公余偶作二绝

崔毓荃

(一)

官廨清凉古寺钟,万山深处寄幽踪。
爱他情景无边好,献秀当门笔一峰。

(二)

案牍频劳几悴形,九团风土未全经。
他时我欲将图绘,收拾云山入画屏。

题龙门桥二绝

崔毓荃

中秋日偕农蓝田、张鹏抟、赵广才、覃国瑾诸绅游观龙门桥。回衙后口占二绝。

（一）

题柱相如志尚存，又随多士步龙门。
年年佳景中秋月，谁赏溪桥雨一痕。

（二）

几度龙门约伴游，不名佳士也风流。
我缘半与群山结，宦海浮沉莫强留。

农蓝田、赵广才分别为万承州大塘屯和龙门街人，张鹏抟、覃国瑾两人，不详。

衙斋杂兴五绝

崔毓荃

（一）

夜听泉声日市声，近山翻恨少闲情。
哦诗自荡襟怀俗，物我相忘过此生。

（二）

宦海茫茫寄此身，愁看霜鬓老催人。
羊城别后都无梦，况是夷齐隔代民。

（三）

山河破碎几沧桑，世态年来倍觉凉。
老大声名归腐草，空教萤火向人光。

（四）

西南扰扰自兵戈，屈指春秋十载过。
片地已无干净土，可怜荆棘困铜驼。

（五）

匹马驰驱入万承，薄冰无履自兢兢。
消闲只有哦诗兴，一瓣心香对月升。

清水歌

崔毓荃

云门桥兮行且吟，山溪水兮清且深。
掬一勺兮荡尘垢，饮一瓢兮涤烦襟。
吁嗟水兮吾知音，与尔盟兮永同心。

云门桥，又称龙门桥，也称"云门紫洞"或龙门洞，位于武安村。

辞官吟五绝（其四）

崔毓荃

一声长啸出龙门，人自昂藏石自蹲。
不作贪官宁谢职，清风还我旧时园。

太平土州八景（八首）

崔毓荃

飞来金钟

灵钟也厌杂蛮尘，漂泊来争上洞春。
过客船头闻到夜，阇黎寺里忆司晨。
一从廊庙腾声价，不为烽烟失本真。
八百大年经大扣，问曾唤醒几多人？

万马归槽

华山归后又销兵，谁更连骑入太平。
驾远有形嘶月窟，行空无迹步云程。
春秋饱秣洲边草，控纵深衔洞口晴。
骡骊驽骀难遍数，牵回幽境待时清。

大龙蟠山

何来夭娇石龙神？皎皎明珠月一轮。
绕室每依松作柱，在田应藉草为茵。
几将出海犹高卧，欲乍腾云又懒伸。
未必上天飞不得，爱他山好寄闲身。

金龟渡海

海浪滔滔久不扬，龟灵应运现文章。
早朝有婿蚩声价，夜卜何人报吉祥。
曳尾欲凌波万顷，回头宛在水中央。
忆从放出毛家后，晦气而今渐有光。

瓠山献秀

谁把岩腰系一绳，横拖白练石层层。
寄生最爱三春草，滋蔓何妨十月冰。
世上漫嫌侬不食，人间还有客同登。
缄来每恨通樵斧，几度相呼又转麐。

青松摆队

夹道松阴一派清，班联浑似启行兵。
轮囷十里天无色，盘错千章地有声。
霜雪丛中劳仗节，风尘队里听呼名。
怪来夜夜雄涛吼，呵护高眠鹤不惊。

九峰秀山

岚光掩映接云青，叠嶂三三列画屏。
妩媚颜容春雨洗，蜿蜒体态晓烟蒸。
丹成应有王柯烂，雪印曾无谢屐登。
如此峰峦如此景，桃红李白也钟灵。

螺水九回

奇甚螺江江上舟，不摇桂桨自沉浮。
澜回欲吸天边月，湍激难抟水面沤。
宝髻装成凭浪绕，锦纹织罢带波收。
临流君试停篙看，瞥见漩涡过八周。

八景诗，崔自题注"壬戌（1922）之冬，余以当幕，随军驻龙州军械局。适晤土州李玿话谈，知余长于诗，请余代吟八景以示后云"。李玿，太平州末代土官。"玿系第二亲房嫡生次子，叨族目民，公举序应入嗣，承接大宗，亦承土知州职。迄二十三年（1897），奉部颁到承袭号纸……"改土归流后，又出任太平州弹压官。崔毓荃，处于时代变革时期，其字里行间充满了对当下的忧虑与思索。"山河破碎几沧桑""片地已无干净土"，到底说的是民国代清的变化，还是民国初年军阀混战？总之是兵荒马乱。时局动荡，谁不忧心。至于他辞官，倒是无关时局，"不作贪官宁谢职，清风还我旧时园"。看来是不满官场的腐败，干脆从此归去。作太平土州八景诗章，诗人对大新还是颇有感情的。

云门紫洞

李荣

龙门天险胜雄关，一道中沟四壁环。
数载挥鞭赢战迹，月明依旧照青山。

李荣，民国时万承县副县长。石刻原有落款数行，已经崩掉多半。

云门紫洞

李品仙

千仞巉岩一道通,乾坤劈破仗天工。
碧潭无底灵踪显,玉蝀横空气势雄。
战迹当年赢故垒,烽烟到处遍哀鸿。
筹边策马关前过,再整山河指顾中。

民国二十四年(1935),李品仙,时任广西边防督办,巡视桂西边疆时题留的诗文,在天等(题字)、龙州、宁明(题诗)等均有石刻。此诗刻,九行竖写。正文八行,每行七字,有行无列,字径约二十厘米,行楷书体,偶用草字。

云门紫洞

玉奂山

盘屈崇山气象雄,崎岖石凳一门通。
飞桥流水穹窿吐,峭壁危石夹道中。
百里桑麻平野绿,万家烟火夕阳红。
南风此日薰如许,吹送晴云散远空。

玉奂山，扶南人，民国二十三年（1934）二月至二十六年（1937）一月任万承县县长。隶书，有汉代《张迁碑》古拙、雄浑、朴茂气息。款字两白文印章：玉奂山印、耆民书。此诗可谓踌躇满志。

题和李品仙原韵并跋

吕善瀛

洞辟就门一道通，问谁巧斧夺天工。
清流湍急声弥漫，重镇军严势更雄。
架水虹桥驰战马，拍山雁阵限征鸿。
邻边烽警郊多垒，赢得升平在此中。

龙门洞，万承之咽喉也。余长是邦，读李将军鹤公题壁之咏，乃知此间胜迹历劫不磨。今春，粟司令树公巡视过此，又出和韵一章，摩于崖右。呜呼！沧桑几易，名胜依然，不佞未谙音韵，每殷学步，勉成四韵，以志感怀。民国三十四年夏，陆川吕善瀛谨和并跋。

吕善瀛，陆川县大桥人，民国时雷平县县长、万承县县长。石刻为行书，颇有颜真卿伟岸风貌。

步李将军鹤公原韵并跋

粟廷勋

紫洞云门面面通，欣看群力运神工。
清泉急涌歌应急，汉马雄嘶韵亦雄。
南北天然呈锦嶂，东西各自识归鸿。
春衫待补凭针线，今古何人道此中。

时民国三十四年（1945）初春，道经龙门，因触景情生，遂恭步李将军鹤公原韵，索就一章以志之。寔未敢言诗，盖亦以示不忘之意云尔！并跋。

粟廷勋，别号树民，广西灵川人，广西陆军速成学校毕业，长期在桂军任职。诗刻魏碑风格，清代中晚期尚碑之风，可见一斑。

下雷州衙门庭院楹联

横批：报本追远

自宋受符立数百年止敬止仁之本；

至清分派开千万代为慈为孝之源。

（本支祠神楼联额）

横批：世德清芳

营室遵周礼所言崇其庙貌；

肯堂效尚书之训焕厥檐楹。

（堂前联额）

室户堂堦凛三命之德孝慈其笑语；

修陈设荐虔一枝之烟祀洁我粢盛。

（中堂第一两柱联）

因气类通悫著音存户牖间犹闻謦欬；

即心诚感格明烟孝享几筵若见凭依。

（中堂第二两柱联）

就月处
阳和逼照六经字；
气暖常融万卷书。

（两廊联额：左廊）

邀月所
圆将皎洁悬冰境；
缺把新残挂玉钩。

（两廊联额：右廊）

远溯源流崇太岳；
近分支派衍雷阳。

（间栅门联）

先烈发祥由宋旧；
后昆衍庆与新春。

（亭斗外联）

下雷土司衙门楹联，见于1933年《下雷许氏土官族谱》。总体蛮讲联律法则，也比较注重传统的礼教文化。

六坡八甲任吾驾驶；
一街四方由我管辖。

（全茗州许氏土官祠堂门联）

此联句，要么是土官横蛮成性，要么是后人的戏作。

重新恩城州治碑

（明）林叡

创业垂统，世袭爵禄，显融后先者，遵明制，循世功也。若恩城州，山川迥合，风土人物为诸州最。

奉训大夫土官知州，姓赵氏，讳福惠。天资浑厚，心平气和，功光列祖，业垂后裔，其尤善者焉。自其大父讳雄杰，爰及其先父讳智显，前后相继，咸未实授。惟时食于土者，器宇有哲愚，公宇未暇构，创庐侨居，以掌州事。至其乃叔讳智辉者，绍其兄智显之绪。钦蒙实授知州职，亦因循其旧也。迨夫赵侯应期而生，不幸幼岁而孤。太夫人黄氏节守，居家嗣徽音，克勤俭，以长以教，俾至成人。目老赵八辈交荐侯之长而且贤，白所司以其事闻于上，宣德壬子冬，入觐大廷，天官奏允，荣膺前职知恩城州事，其不轻而重也较然矣。

自莅任来，以平易处心，以仁恕待物。越正统戊午春，政通人和，百废俱兴，乃相其旧宇狭隘弗称，于是鸠工庀材，琢石陶甓，复营治之，厥土燥刚，厥位面阳，厥材孔良。首创堂室户牖，以攸跻攸宁；次甃济川桥，以利涉攸往。故莅政有堂，阒室有舍，庖廪有次，巨川有济，百尔器备。并手偕作，材出素具，役不及民，厥功乃完，落成且有日，走价礼聘征予纪其成于碑，以传诸世，庶使其后之子孙知其所自也。

嗟夫，尽创业于前者固可美，善继述于后者尤可嘉。然而贤侯今日创始如彼，而贤嗣后日继述如此，殆见由子及孙，从一代以至于百代，固未艾矣。诗云：子子孙孙，勿替引之。此谓也，予重其命，谨摭其实，遂刻于石，用期其弈世簪缨之盛，与天地日月相为悠久云。

　　大明景泰四年岁舍癸酉春二月既望日，太平府儒学训导玉田林叡撰，识字土人赵昌书，奉朝大夫世袭土官知州赵福惠正妻许氏妙珠、次妻梁氏善景颙立。

　　碑立于"大明景泰四年（1453）岁舍癸酉春二月既望日"。林叡，玉田人（今河北省唐山市所属玉田县），明代太平府儒学训导。石碑原置于恩城乡府，现藏大新县博物馆，因碑文镌有断句的小圆圈（如今标点符号的句号）而又称"句读碑"，1956年广西民族研究所曾拓片，《广西少数民族地区石刻碑文集》有载。

　　写个碑记，还要特别说明"识字土人赵昌书"，不知是抬举还是贬讽了。总之，偏于一隅的桂西南边地，在明代有"土人"能"书"者，的确十分稀罕。

　　近年，笔者勘察原碑识补第一行"世""也"二字。

养利州兴造记

(明) 姚镆

自太平而北为养利州土守也。宣德初,以僭逆诛,朝廷虚其官弗用,设流官同知、判官、吏目,以理州事者,已五十余年。成化间,知府韩廷彧言其非便,于是再为更定,去同知与判官弗用,设流官知州一与吏目一,以理之者,又二十余年。然其俗本彝,而流官至此者,亦复彝之,故官与民恒相诟,而不能以相适,况欲有所改于其俗乎?

今守罗侯爵,既得命来视州事,始以慈惠抚民用帖柔。三年益浃悦。乃告其众曰:"吾命吏若州主斯土而仪观不备,岂我国家设州分治意也?吾与若更新之,可乎?"众皆曰:然。于是,官出其赢,民输其有,征匠傲工,乃就其土之高爽者为厅,厅之后为堂,厅左右为库为室。厅之前为楼为门。临莅有所,燕休有次,储蓄有藏,而昼夜出入有禁。凛乎公府之规矣!继又即其便近者为申明亭,以饬里闾,为社学以教子弟,为公馆以寓四方之宾客。取其幽旷静洁者,为城隍庙,为山川社稷。州属三坛,尸而祝之,以严祠宇。州无城,为之垣其四周,而复兀垣为门,所以备保障也。城之外有水,皆悍急不可渡,为之杠梁,其上而或构亭以望,所以利济涉也。夫以荒圩断落之萧条,瘴雾江涛之险恶,而能月修岁葺,悉去其陋,一旦使官有宁处,神有恒栖,居者有固守,行者有夷途,侯之于是州,不亦勤且劳哉!况其所谓民者,复知具巾履以为装,通书写以为业,衣冠文字,渐即华风,若是者皆侯训教之所及也,侯不谓之贤哉?

夫昔之潮与柳,皆蛮彝也,潮得一韩昌黎变之,养士治民具有成法,而其俗始笃于文行。柳得一柳子厚惠之,凡城郭巷道皆治,而其民亦始以乐生兴事。然则,天下之俗成乎,其人亦多矣。使先此为守,而皆若侯之于今日,则其效当不止。是使他州为守而皆若侯之为心则可感而化者,又岂特养利之民为然哉?顾乃因循玩愒,往往一遇其所难而遂,不免于却足自废,其可叹也已。

侯字德器,江西吉水名家,尝训于吾,慈有善教,慈之人,至今爱慕之。予亦辱侯之教,而爱且慕尤深焉。阔别十年余,偶以宦途相值,方幸有会于侯,而又喜侯之能于其政也,故为书其概,以归之土人,俾镌诸石。

钦差提督学校广西按察司佥事慈溪姚镆撰
广西提刑按察司佥事越城熊祚篆额
前翰林中书太平府知府泰和王俅书丹

姚镆,字英之,明代浙江慈溪人,明代名臣,著名军事家。于弘治六年(1493)科举进士及第。任礼部主事,进员外郎。嘉靖中以右都御史提督两广军务。

此文作于"明正德元年(1506)吉旦"。在万历、雍正《太平府志》均有载,后者则名为《养利州公堂记》。姚公文笔好,而记载了养利州历史,更是大功一件,善莫大焉。

游会仙岩记

（明）沙伦

正德辛巳秋，予以公事适安阳郡，郡伯李君雪之嗜山水，好仙道。会晤之间而谓予曰："吾少时也，有四方之志，自释褐以来，官爵于兹凡五十年。而天下名山大川，未得纵游，以大吾观之亦切恨矣。且安阳壤连交趾，山固多矣，胜亦有矣。而其胜之尤者，莫有过于牧山之会仙岩。"

岩在州治南二舍许，其中空洞，廓焉有象。岩之前有方塘数亩，鳞甲鸥凫，浮沉潜跃，可钓可弋，日光山色，荡漾于波间，闪碧铄金，灿烂炫目。岩之上有石横亘，若门阙然，绿萝垂阴，而猿鸣之声杂沓，闲关呜咽，闻之者可喜可悲。中垂石乳，异形诡状，虽工于写染者亦不能尽其妙。有泉滴沥，储以石方，可供茗碗酒炉之需。巨石二：一类怒咒角力。一有醉仙像七：或曲肱而卧者，跏趺而坐者，相倚而仆者，壮貌了了，出自天然。再登而上，刻石貌绘阳与雪之对弈，其右则貌四仙姑姑。且伏再进，而前嵌空幽，深行必秉烛，逶迤宛转将二三百步许，则朗然通明，乃岩之后便门也。门之外土旷而平，田可耕，地可植，塘可鱼，则非就荒者可比。

呜呼！自开辟以来则有斯岩，历数千百年，其间更无一人疏通其壅塞，搜剔其奇绝，记述其事迹，岩之不遇，有如岩□□，是夫今而雪之栖息于兹，盘桓于兹，日邀宾客遨游于兹，而岩之名始著于天下，传于后世，是非岩之遇耶数耶？虽然三山辽绝，神仙渺茫，雪之之素所嗜好者亦云得矣，何必舍此而有他求哉！

予适暇闲方而获观兹胜，雪之之赐亦云厚矣！不可游而无述以记其概，辄记之。雪之，则郡伯之号也。

寓太平府经历长洲沙伦书

  沙伦，长洲人，江苏省苏州人。明正德辛巳（1521），任太平府经历一职。

  此文曾于《大新县文史资料》等刊载，未作句读，也多错漏，经与原石刻逐字校订补正。

  《游会仙岩记》，不失为一篇游记美文，诵读之，可感知数百年前安平会仙岩山水风光的壮观景象，以及岩内石乳鬼斧神工的自然曼妙。

岜仰山记

（明）赵福惠

恩城之山，名谓仰山。下之村，亦谓岜仰。山之上有岩，传有仙骨藏于之上；下有峒，峒有神女与牧童狎玩，人亦不知其为神女也。

每年三月仲春，岜仰、江边、咟托等村男女聚会峒口，唱歌娱乐，以冀丰年。

予登山而眺，安平之水悠悠洋洋，回首视恩城之山，苍苍郁郁，山水相隔一衣带耳。

何安得此隆胜？何恩得此微饶？从者曰：人有巧拙，山有大小，水有浅深，难以一概而论，祖宗之定论也。

大明正统十年三月十三日
奉训大夫世知恩城州事天水郡赵福惠书

赵福惠，明代恩城州土官。此文写于"明正统十年（1445）三月十三日"，短小而精悍，融叙事、写景、议论为一体，景情相融。阳春三月，青年男女踏青对歌，是目前较早的壮民族山歌"侬峒"的文字记载。"人有巧拙，山有大小，水有浅深，难以一概而论"包含朴素的哲理；然也掺杂如"祖宗之定论也"的宿命论和封建思想，是不足取的。

穷斗山

(明) 李显奇

予郡古辖地名穷斗，山下奇出此岩，岩石参差突兀，水由内泄澄清，虽旱不涸，冬暖夏凉，鸟蹄留迹，堪为隐逸玩游之所。

予恒到此，四顾徘徊，意欲粉饰仙侣，因宦羁务冗未遑。迩获致，遂邀业师壶城梅园方公暨诸贤宾底（抵）是，诗书兴乐，皆奇异之。始命工镌石，上绘观音，中则仙人，下则醉仙，并方公与予之像，以豁然游，自工就文，以为远之识云。

嘉靖二十六年岁次丁未夷则月榖旦，瑞峰主人立

明嘉靖二十六年（1547）岁次丁未夷则月（农历七月），原碑立于穷斗山岩洞口，今已烂成数截。按两广总督应櫄成书于1552年《苍梧总督军门志》（卷四）叙述茗盈州土官，仅列至李显奇。故文中"予"即"瑞峰主人"，当为时任茗盈州土官李显奇，其人好文雅，也喜仙道。

重刻孝忠经后序

（明）王之绪

孝经，孔氏之书，传世广博。忠经成于汉，马融氏酷拟孝经牵附僭踰，然以汉文不废，近世并孝经刻之，是二经之行久矣。兹又从重刻之者，我太平郡台蔡公，加惠边氓之意也。

公自京兆治尹，出守是邦，负锁钥重寄。甫下车，即以修文柔远为急，讲明经术，率履不越，故事守者多薄边郡，注措逡巡。公忠愤慷慨，锐意扶整敕纪。贞度三月之间，政令大行。会养利以建学，请公即择社。究先为发蒙，因出所携孝忠二经，示属吏王之绪曰："太平书肆不鬻孝经，小学童子读千文、三字经，遂读大学。夫不先其本，何以从入？教之弊也。业已寓书临海取家藏官本小学，未及至，今且以是帙校而梓之。"既而曰："中经不当与孝经并，但汉人手力其所自为说，如忠者，中也，至公无私。忠也者，一其心之谓矣。惟孝者必贵于忠，忠苟不行所率犹非其道。是以忠不及之而失其守，匪惟危身辱及亲也。故君子行其孝，必先以忠数言与孔子。夫孝始于事亲，中于事君，以孝事君则忠之旨相发。且自天地神明章以及家臣、百工、守宰、兆庶、尽忠十八章，反覆论臣之义，详恳明备。俾童而习之，壮而事君，其所建白，其所敷布，视读千文、三字经，孰益孰否？若因其僭拟而并弃其言，假令不为忠经为忠论忠说，可轻弃乎？"

绪受而读，仰而叹曰："公之心，恕矣哉！"遂订讹楷录，请序弁简。公曰：何言哉，道本一原，世变则二。唐虞言中，孔子言仁。春秋战国乱贼奸纪，杨墨塞路，孟子始言仁义。秦汉而下，彝典不明，马季长为忠经以扶之。若以补孔子之遗，其实孔子未尝遗之也，在季长盖有不得不言忠者矣。孔子曰：易之兴也，其于中古乎？作易者，其有忧患乎？此之谓也。

绪□□略（下缺约十字）□□□□□□□□□□自知荒□，盖俾庶民小子，识公加惠之意云。他日倘有忠臣、孝子出于其间，则公仁义礼乐之教，不□胡端敏公专美夸□寝□备悉公政如崇德象贤，画郊固守□□□公□养正，乐购书、买田、葺宇、创馆、修郡志、乡约，以正民俗，创造士录，书程小学规条，以一士趋皆所以弘敷文德以来远人者，属吏何敢赘言。

　　时万历岁乙亥仲秋月上浣养利知州临安王之绪顿首谨撰

（明）万历《太平府志》卷三有载。王之绪，云南省临安人，明嘉靖四十年（1561）辛酉科举人，万历三年（1575）养利知州，鼎建学宫，重修州廨，革去小菜银两，加意作人，万历二十五年（1597）奉文遵送入祀。

养利州学记

（明）谢杰

教化之于风俗，尤堤防之于水。然水性善动，不有以潴而蓄之，则四方溃决啮，不可收拾。是独水罪哉，亦不善堤防者之过也。民生之初，颛蒙鄙朴，有如标枝野鹿，而耳目之嗜好者，又从而殴之随化而染矣，焉能不波？古先哲王深鉴其然，是以维之以礼教，而陶之以学宫。有诗书六艺以定其业，有讲习辨说以明其谊，有端冔衿、缨绅蜕、鞞觿砺宫羽以束其形，有笾豆、簠簋、罇罍、瑂斝、盘盂、几杖以习其度，有贲镛、弦缦、管籥、祝围以和其声，有珩珮、琚瑀、采齐、肆夏、和鸾、勺象以谐其节，有夏楚、朴作、移左、移右、移郊与远方以收其威，以故秀民之肄于斯者，朝游夕息，日去不善而趋于善，真若冰之必寒，火之必热。驺虞之不杀，窃脂之不榖焉，渐摩既久，人自为教，家自为学，驯致闾阎之下，弦诵相闻，骎骎乎有比屋可封之俗，何其盛也？嗟乎，达于此者可与之语叶大夫之政矣。

大夫玉融之镌儒，以茂材异等入太学，出倅江州寻擢养利州守大夫，可谓用违其材。顾大夫安之，日惟化理，以图称塞。养利，粤西之僻壤，去神京不啻万里，而遥彝甿之与居，獿禺猩寓之与邻。官斯土者，率世其土近，虽易土而流，然亦以土视之，因陋就简，盖非一日。余尝读大夫所以呼大将军书，殊窃慨其有桑间濮上德色谇语之遗风，以宣父所欲放贾大傅所谓流涕太息者，大夫且身觏之，宜其不可以一朝居而思有以易之也。

先是州有学舍，远州治二里许。博士弃之不居，鞠为茂草，蛮人直储，胥目之去，则牧竖饭牛扣角其间，有司弗能诘也。大夫至，始议更之，易远而近，易故而新，易湫隘而爽垲，拓城以为卫，引水以为辟雍，以丈计者三百四十有奇。版筑取诸力役，不鸠其材，辟雍为池，从百二十尺，衡杀从十之三，深杀衡八之七。会时若魃，大夫导水之源注诸池，池溢，令力役者得疏其余，润以灌田，民咸欣欣然色喜，忘其为泮宫役也。不逾时而功告竣。门堂殿庑斋祠舍宇暨于亭庖厩库，靡不种种具备。毋论蛮无从入，即牧竖亦罔窥其门得优游于斯者，非视望之荐绅则就学之章缝尔。言言、翼翼、济济、跄跄，宛若以成均并都者大夫。

　　既落成，乃走介万里，告其友人谢杰，且属之记。谢杰曰："大夫可谓古循吏矣。尝读史至文翁治蜀，每亟叹其知所重者，蜀自蚕丛、鱼凫以来，虽世有国土，然险远僻陋，未殄彝风。翁欲诱进之，乃遣小吏开敏者，受业于京师，割小府之俸，使买蜀物以遗博士。故小吏就学者多能精其业以归，转相授受，数年之间，蜀士彬彬比齐鲁焉。大夫修起学宫，业已无愧于成都，矧数捐薪俸以助工役，又适与减省少府用度者相类。自今诸生有成就者，亦尝除更繇补孝弟力田乎？招下县子弟为学宫子弟乎？选学宫童子使其便坐受事乎？余知大夫必有合也。他年诸生出行，县吏民见而荣之，岂无如司马长卿、张宽、王褒者出于其间？藉令之赋子虚大人颂金马碧鸡，吾道亦愉快也。且上方隆洽文治，薄海内外罔不率俾，粤西虽遐，孰非声教所及？渐濡沦浃以跻于古哲王之化，夫何难者？大夫治养利善状甚具，余简不胜书，姑述其所教化者若是，亦班史傅文翁意尔。"

　　政成，召入于兰台，则大夫方有子为太史，当别作叙传以纪世家，非余之能知矣。是举也，督抚直指监司诸公咸是大夫而行其志，故谋独臧，而总督两广吴公之主大夫尤力，公清时名德，用夏变彝。余以桑梓后进，窃怀高山景行之日已久矣，因于大夫之记也，三致意焉。

时万历岁次乙酉春王正月下浣之吉,赐进士第,承务郎光禄寺寺丞前行人,司行人充琉球国使友人,新宁谢杰撰。

谢杰(约1545—1605),字汉甫,长乐县江田人,万历二年(1574)进士,授职行人,万历七年(1579)奉命为副使册封琉球国王,王以厚礼馈赠,谢杰不受。后使者入朝,有向其送礼,谢杰仍拒绝,并上奏朝廷。琉球国人为谢杰建"却金亭"。著有《顺天府志》6卷、《使琉球录》6卷、《白云集》2集、《遗诗》1卷。

此文写于"万历岁次乙酉(1585)春王正月"。雍正《太平府志》(卷四十)、《养利州志》(手抄本)及清代汪森《粤西文载》均有载,几个版本皆有个别字不同。

古岭桥记

(明) 赵守纬

夫桥道鼎者，世人之通便也。书曰：遂通道。《史记》曰：樊若水献架梁策，是故古之所制德广以时之宜也。

本郡昔辟东行之路，夹籨郊为逖达诸方，庶类人物咸历往还，然斯泉涧寻常漫溢，涉者抠褰，殆致颠僵，鼎创立桥，久则倾塌。太主许公讳世忠，（祖）代□□□□掌权，率令郡夫采以木架，尔来数十年间，木腐底于摧折。

吾郡主岳湖公总服莅临于（下缺约十字）□□□□记□□□□，当其睹桥跑废，出命修葺。肆郡人冯陈敬、冯陈俊、赵时聪、冯正良□□□□夏日□□□□庀材鸠工，营建舆梁，庸成趋邮获（护）利畴弗乐讼铭德，归于厚焉。实郡主博施济众之仁恩，而众信同德度义之惠及也。

是以君子，克迈种德，德降以感于人，则必应之于天矣，所谓得人心而得天意也。天人交感，泽厥休祥，诞臻多福，荫蕃后裔，垂裕无穷。《易》曰：自天祐之，吉无不利。谌哉！积德者诚以为悠延之义者矣。

郡人赵守纬撰
时皇明万历拾捌年岁次庚寅季冬月吉旦赵天成书

土官许大政施银二两、土官夫人李氏施银一两
（捐款人名、上仙等村屯名略）

万历十八年（1590），万承州土官许大政，系许国琏之子。赵守纬撰写碑文，赵天成书丹，二人均无可考。碑额双钩阳文，碑文竖式，楷体，中间风化模糊。碑文列有众多捐款村屯之名，可做地方村屯演变之据。

养利州知州叶公专祠碑

（明）萧云举

养利州隶属太平郡。

国初用不易其俗之法，杂长之以土酋。改土为流，自宣德六年始也。

今上在宥二年，前守临安王公始请建学立师，第治具未尽修举，教化未尽州治，喁喁然怀志而思贤者，会闽玉融叶公来守兹土，周视四封，慨然叹曰：人性皆善，触之即应。奈何以边徼鄙夷之，且利不举、害不祛，非司土者之责乎！爰是因俗顺理，察民间疾苦生息，一意与之更始，至饬躬砺行，皭然不渣也。民故游惰，公为之定经界，课农桑，而民始勤业。民故苦征，公为之蠲积逋，缓催科，悉罢无名之赋，而民始乐生。民故患盗，公为之相土方，刜沟洫，躬为程督，有俶其城（成），而民始蠲奸宄之贻害。士故无师承，公为之捐俸饬宫，定期课艺，诸子、史有关教化者，靡不引大义而剖析之，俾各醳然通晓，又简黎甿之隽，立社学，延师为提撕陶摩，而士庶始知向方。以故粤西三岁宾兴，养利士率诣对公车，他如椎髻遗黎，一切洒然易貌改观，骎骎邹鲁矣。此公治行之梗概者，余岂弟实政纤悉毕具，指缕未易数也。

饮甘泉者思源，席大大厦者归庇，公之为德于州岂眇浅哉。行满三载，闾巷讴吟，贤声冠西土矣。

甫四期，竟均治所，当时士若甿彷徨失怙恃也。扶轓拥恸震野，至辀不得发，公既归葬矣。州甿时时见公乘白马尚羊（徜徉）于城闉与其山阻水崖间，此胡为者。岂公之桐乡兹土，英灵竟陟降不磨，抑民之思极爱深，焄蒿凄怆而如见耶。仰止系情，历十余年来犹一日也。于是遂谋所以特祀者以尸祝于永永，相与请兵宪王使君，使君曰：若等其畏累之民乎哉。报可，属州董其事，鸠工庀材，卜吉经始，民错趾争趋，庙貌翼然顿就也。使君又捐俸置田若干，备俎豆焉。因以记役不佞，不佞在梓里，尝从诸父老后，稔公之德政，而又获侍公子少宰公于王署，交称骐也。恶敢以不文辞，余诵卫风淇澳篇，每羡武公生称有斐，没谥睿圣，而民之思兮终不可谖，是遵何术哉。毋亦上下之德意潜孚，存亡靡间者耶。叶公长厚长者，其精诚贯金石，而忠信孚豚鱼，胸中雅负经纶，不以边土而驰保障，不以猺俗而捐拊摩，州人世世利赖之。宜乎爱而慕，慕而图报，以志遐思于千百载之后也。其亦有淇澳之风乎。诗所称没世不忘之君子，惟公谓矣。余亦安能揄扬其万一云。

公讳朝荣，别号桂山，由恩贡历任今官。子向高，癸未庶吉士，今南都铨部贰卿。

兵宪王公，讳约，丁丑进士，是举也。其先肇事则右江兵宪陈公勗、太平知府李君国珍、思明府丞董君廷钦，今在事协赞诸君且济济也。备列于左。

万历三十年岁在壬寅孟秋穀旦，赐进士第、奉政大夫右春坊右庶子、兼翰林院侍读、直起居注、纂修国史官，通家晚生萧云举撰。（姓名，略）

萧云举（1554—1627），字允升，号玄圃，广西宣化县（今南宁市）人，明代公安学派创始人之一。著有《青罗集》五十余卷，别集若干卷。

叶朝荣，隆庆改元恩贡，授九江通判，主督赋。《福清志》：朝荣洁己恤民……擢知养利州，复筑城建学，凿陂塘，垦田导水，经画创置，皆贻民百世利。暇则与诸生谈说经术，迪以纲常，至蛮夷君长亦款关受学，州俗一新，埒于中土，卒之日，僚属检其囊，仅书数函,衣数袭而已。士民奔走巷哭,立祠以祀。……著有《诗经存固》《四书述训》《芝堂稿》行世。

叶向高(1559—1627),叶朝荣长子,字进卿,号台山,晚年自号福庐山人,明朝名臣。万历十一年(1583)进士,万历、天启年间两度出任内阁首辅大臣。康熙《养利州志》载:"闻前知州叶朝荣之子叶向高,随任从学养利,后中鼎甲官至宰相。"

原碑曾立于现桃城一小院内,现藏于大新县博物馆,楷书,字迹大多漫漶不清。

衙门合祭养利州守叶君文

(明)徐显卿

维公发祥,粤自玉融。燥发穷经,誉髦所宗。既贡明廷,爰陟州牧。蔚有贤声,扬于荐牍。仕为循吏,学则通儒。佑启哲嗣,怀瑾握珠。天禄燃藜,石渠载笔。所志斯酬,世德允述。公为鞿然,万里贻书。睠兹式榖,母替厥初。方图挂冠,子谋省侍。胡不须臾,溘焉永弃。显荣寿考,得全全归。令闻不已,有邈音晖。所悲旅榇,海陬遐甸。遥荐椒芬,临风悽恋。

清人汪森《粤西文载》有载。叶君,即叶朝荣,明万历十四年(1586)任养利知州。

徐显卿(1537—1602),字公望,号检庵,明朝南直隶长洲(今江苏苏州)人,隆庆二年进士。官至礼部侍郎。

徐霞客游记·大新篇

（明）徐弘祖

十八日　昧爽入城（壶城），取腾所作书……遂自壶关北行，关外有三岐……而兹则取道其中焉（太平州道也）……又五里，为叩山村，则太平州属矣。又西北七里，暮抵太平站。孤依山麓，止环堵三楹，土颓茅落，不蔽风日，食无案，卧无榻，可晒也。先是，挑夫至土地屯即入村换夫，顾奴随之行，余骑先抵站。暮久而顾奴行李之不至，心其悬悬。及更，乃以三人送来，始释云霓之望。是夜明月如洗，卧破站中，如濯冰壶。五更，风峭寒不可耐，竟以被蒙首而卧。

十九日　晓日明丽，四面碧峤濯濯，如芙蓉映色。西十里渡江，即为太平州。数千家鳞次倚江西岸。西南有峰俱峭拔攒立，西北一峰特立州后，下有洞南向，门有巨石中突，骑过其前，不及入探为怅。州中居舍悉茅盖土墙，惟衙门署有瓦而不甚雄。客至，馆于管籥者。传刺人，即刺答而馈程焉。是日传餐馆中，遂不及行。

二十日　晨粥于馆，复饮饭而后行，已上午矣。西北出土墙隘门，行南北两山间。其中平畴四达，亩塍鳞鳞，不复似荒茅充塞景象。过洞峰洞之门之南。三里，过一小石梁，村居相望，与江浙乡村无异。又三里，一梁甫过，复过一梁。西岗有铜钟一覆路左，其质甚巨，相传重三千余斤，自交南飞至者。土人不知其年，而形色若出于型，略无风日剥蚀之痕，可异也；但其纽为四川人凿去。土人云："尚有一钟在梁下水洞中。"然乱石磊落，窥之不辨也。又西北一里，辄见江流自西而东向去。又二里，复有水北流入江，两石桥横跨其上。其水比前较大，皆西南山峰间所涌而出者。又西北五里，复过两梁，有三水自来，会而北入于江。此处田禾丰美，皆南山诸流之溥其利也。又二里，则平畴西尽，有两石峰界南北两山间，若当关者。穿其中而西，又一里，有小沟南属于山，是为太平州西界。越此入安平境，复有村在路右岗陂间。又西二里，即为安平州。江水在州之东北，斜骞其前，而东南赴太平州去。又有小水自西而来，环贯州右，北转而入于江，当即《志》所称陇水也。其西南有山壁立，仙洞穹其下，其门北向，高敞明洁，顶平如绷幔，而四旁窦壁玲珑，楞栈高下。洞后悬壁上坐观音大士一尊，恍若层云揽雾。其下一石中悬，下开两门，上跨重阁，内复横拓为洞。从其右入，夹隙东转，甚狭而深，以暗逼而出。悬石之外，右裂一门，直透东麓。左拾级而上，从东转，则跨梁飞栈，遂出悬石之巅。其上有石盆一圆，径尺余，深四寸，皆石髓所凝，雕镂不逮。傍有石局、石床，乃少加斧削者。从西入，则深窦邃峡，已而南转，则遂昏黑莫辨。然其底颇平，其峡颇逼，摸索而行。久之，然见其南有光隐隐，益望而前趋，则一门东南透壁而出，门内稍舒直，南复成幽峡。入之渐隘，仍出至少舒处。东南出洞门，门甚隘，门以外则穹壁高悬，南眺平壑，与前洞顿异矣。久之，复从暗中转出前洞，壁间杂镌和州帅李侯（明峦）诗数首，内惟《邹泗洙》一首可颂。余亦和二首。既乃出洞，游州前，其宅较太平州者加整，而民居不及。馆乃瓦盖，颇蔽风雨。然州乃一巨村，并隘门土墙而无之也。太平州帅李恩祀（恩祖）有程仪之馈，安平州帅为李明峦，止有名柬，乃太平侄行。

二十一日　晨餐后，上午始得夫，乃往恩城者。始易骑而轮。盖恩城在安平东北，由安平西北向下雷，南宁属。日半可达；而东北向恩城，走龙英，其路须四日抵下雷焉。但安平之西达下雷界，与交彝即高平接壤，所谓十九峒也。今虑其窃掠，用木横塞道路，故必迂而龙英。由安平东一里，即与江遇。其水自西而东，乃发源归顺、下雷者，即《志》所称逻水也。其势减太平之半。盖又有养利、恩城之水，与此水势同，二水合于下流而至太平州，出旧崇善焉。

渡江，即有山横嶂江北岸。乃循山麓东行，五里，路北一峰枝起如指之峭，其东北崖嶂间，忽高裂而中透，如门之上悬，然峻莫可登也。穿嶂逻江。当峡有村界其中，此村疑为太平州境，非复安平属矣。村后一里，垒石横亘山峡间，逾门而北，则峡中平畴叠塍，皆恩城境矣。渡小水溯之东北行，五里（折而东，东峰少断处），有尖岫中悬，如人坐而东向者。忽见一江自东而西，有石梁甚长而整，下开五砮，横跨北上江水，透梁即东南捣尖岫峡中。此水即《志》称通利江，由养利而来者。其下流则与逻水合而下太平云。过梁，即聚落一坞，是为恩城州。宅门北向，亦颇整，而村无外垣，与安平同。是日止行十五里。日甫午，而州帅赵芳声病卧，卒不得夫。竟坐待焉。其馆甚陋，蔬饭亦不堪举筷也。按《一统志》：在田州者曰恩城，在太平者曰思城。今田州之恩城已废，而此州又名恩城，不曰思城，与《统志》异，不知何故。

　　二十二日　晨餐后夫至乃行。仍此州前西越五砮桥，乃折而循江东向行，五里，山夹愈束，江亦见小。有石都江堰阻水，水声如雷。盖山峡东尽处，有峰中峙，南北俱有大溪合于中峰之西，其水始大而成江云。又东五里，直抵东峰之北，而北夹之山始尽。乃循北夹东崖，水向东峡，渡一小溪，溯中峰北畔大溪，北向行峡中。二里，复东转越小水向东峡，溯北大溪北崖行，渐陟山上跻，一里，始舍溪，北跻岭坳。其岭甚峻，石骨嶙峋，利者割趾，光者滑足。共北二里，始逾其巅，是名鼎促，为养利、恩城之界。北下二里，峻益甚，而危崖蔽日，风露不收，石滑土泞，更险于上。既下，有谷一围，四山密护，中有平畴，惟东面少豁。向之行，余以为水从此出；一里，涉溪而北，则其水乃自东而西者，不识西峰逼簇，从何峡而去也。溪之南有村数家。又东一里，循北山之东崖北向行，又一里，溪从东来，路乃北去。又一里，有石垣横两山夹间，不知是何界址。于是东北行山丛间，峦岫历乱，分合倏忽。二里，出峡，始有大坞，东西横溪，南北开夹，然中巨流，故禾田与荒陇相半。北向三里，横渡此坞，直抵北崖下（若无路可达者，至则东北开一隙，穿入之，峡峰峭合，愈觉宛转难竟）。二里，北山既尽，其东山复大开，有村在平畴间，为东通养利大道。乃从小径北行，一里，折而西北行。三里，南北两夹之山，引锥标笋，靡非异境。又北行一里，复开大坞（东西亘，南北两界山如南坞，但南坞东西，俱有丛岫遥叠，此则前后豁然，不知西去直达何地也）。乃东北斜径坞中，共五里（至北山东尽处），东山益大开，有村在其南，已为龙英属。其东隔江即养利矣。盖养利之地，西北至江而止，不及五里也。又循山北行一里，有小石峰骈立大峰之东，路透其间，渐转而西（至是北条始见土山，与南条石山夹成坞）。又三里，有村北向，曰耸峒，有耸峒站，乃龙英所开，馆舍虽陋而管站者颇驯。去龙英尚四十余里，抵站虽下午，犹未午餐，遂停站中。自登程来，已五日矣，虽行路迂曲，过养利止数里，而所阅山川甚奇，且连日晴爽明丽，即秋春不及也。

　　二十三日　饭后候夫，上午始至。即横涉一坞，北向三里，缘土山而登。西北一里，凌其巅。巅坳中皆夹而为田，是名鲎盘岭。平行其上，又西北半里始下土山东去。其北坞皆石峰特立，北下颇平，约里许至坞底……

　　二十七日　……登涧北岗，见三四家西倚土山，已为下雷属矣。一里，西北登岭，半里，攀其巅，又西向平行半里，逾其北，始遥见东北千峰万岫，攒簇无余隙，而土峰近夹，水始西向流矣。于是稍下，循路南土峰西向连逾二岭，共一里，望见西南石峰甚薄，北向横插如屏，而路则平行土山之上，又西二里，有路自东北来合者，为英村之道，亦下雷属，其道甚僻。合之，遂循路西土山南向行。一里，又逾一土岭，直转横插石峰之西，复循路西土山南行，折而西，始西向直下一里，又迤逦坦下者一里，始及西坞，则复穿石山间矣。又西北平行一里，始有村落。又西北一里，则大溪自北而南，架桥其上。溪之西，即下雷矣。入东隘门，出北隘门，抵行馆而解装焉。是日行约十八里。州官许光祖。

　　下雷州治在大溪西岸，即安平西江之上流所云逻水也。其源发于归顺西北，自胡润寨而来，经州治南流而下。州南三十里，州北三十里，皆与高平接界。州治西大山外，向亦本州地，为莫彝所据十余年；西之为界者，今止一山（州衙即倚之），其外皆莫境矣。州宅东向，后倚大山，即与莫彝为界者。乱石为州垣，甚低，州治前民居被焚，今方结庐缺内间有以瓦覆者。其地南连安平，北抵胡润寨，东为龙英，西界交趾。

时交趾以十八日过胡润寨，抵镇安，结营其间。据州人言："乃田州纠来，以胁镇安者，非归顺也。"盖镇安人欲以归顺第三弟为嗣，而田州争之，故纠莫彝以胁之。归顺第二弟，即镇安赎以任本州者。其第三弟初亦争立，本州有土目李园助之，后不得立。李园为州人所捕，窜栖高平界，出入胡润，鹅槽隘抄掠，行道苦之。

二十八日　阴霾四塞，中夜余梦墙倾覆身，心恶之。且闻归顺以南有莫彝之入寇，归顺以北，有归顺之中阻，意欲返辕，惶惑未定焉。

归朝在富州、归顺之间，与二州为难，时掠行人，道路为梗。考之《一统志》，无其名。或曰："乃富州之旧主。富州本其头目，后得霑朝命，归朝无由得达，反受辖焉，故互相龃龉。"未知然否。

下雷北隘门第二重上，有耸石一圆，高五丈，无所附丽，孤悬江湄。叠石累级而上，顶大丈五，平整如台，结一亭奉观音大士像于中，下瞰澄流，旁揽攒翠，有南海张运题诗，莆田吴文光作记，字翰俱佳。余以前途艰阻，求大士决签为行止，而无从得签诗。叩筊先与约，若通达无难，三筊俱阳，圣而无险；有小阻而无性命之忧，三筊中，以一阴为兆；有大害不可前，以二阴为兆。初得一阴并圣、阳各一。又请决，得一圣二阳焉。归馆，使顾仆再以前约往恳，初得圣、阳、阴，又得圣一，阳与先所祈者大约相同，似有中阻，不识可免大难否？

上午，雾霁开日，候夫与饭俱不得。久之，得饭，散步州前，登门楼，有钟焉，乃万历十九年辛卯土官许应珪所铸者。考其文曰："下雷乃宋、元古州，国初为妒府（指镇安府也），匿印不缴，未蒙钦赐，沦于土峒者二百年。应珪之父荫奉檄征讨，屡建厥勋，应珪乃上疏复请立为州治。"始知此州开于万历年间，宜《统志》不载也。

州南城外即崇峰攒立，一路西南转山峡，即三十里接高平界者；东南转山峡，即随水下安平者，为十九峣故道。今安平虑通交彝，俱倒树塞断。此州隶南宁，其道必东出龙英抵驮朴焉。若东北走田州，则迂而艰矣。

是日为州圩期，始见有被发之民。讯交彝往镇安消息，犹无动静。盖其为田州争镇安，以子女马币赂而至者，其言是的。先是，镇安于顺黄达合而拒田州，田州伤者数十人，故略交彝至，而彝亦狡甚，止结营镇安，索饷受馈，坐观两家成败，以收渔人之利，故不即动云。

夫至起行，已近午矣。出北隘门，循石山东麓溯溪西北行。四里，路左石山忽断，与北面土山亦相对成峡，西去甚深，有小水自峡中出，横堤峡口，内汇成塘，浸两崖间，余波出注于大溪，逾堤西转，路始舍大溪。已复北转，逾北面土山之西腋，复见溪自西北来，路亦西北溯之。已北径大峡，共四里，有木桥横跨大溪上，遂渡溪，北复溯大溪左岸，依北界石山行。回望溪之西南，始有土山，与溪北石山相对成大峡焉。东北石山中，屡有水从山峡流出，西注大溪，路屡涉之。共西北五里，东北界石山下，亦有土山盘突而西，与西南界土山相凑合，大峡遂穷。大溪亦曲而西南来，路始舍溪西北逾土山峡，于是升陟俱土山间矣。又三里，西下土山，复望见大溪从西北来，循土山西麓渐转西行。二里，直抵胡润寨……

（上海古籍出版社《徐霞客游记》）

徐霞客，名弘祖，号霞客，江苏江阴人。1637年冬，其游历大新县境内太平、安平、恩城、下雷等土州并写下其所见所闻。今重录于此，让读者再次随着徐霞客笔下重游曾经的足迹。虽然时不与我，但青山依旧在，不知人们能否重拾徐霞客的感触与笔触呢？

养利州儒学泮池碑记

(明)顾之俊

生民之于礼义,犹饥渴之于饮食也。礼义起于学宫,犹□□□食者,资田也。或不幸而生长边徼窎处夷落之间,血食栏居习为固然,几不知学宫为何物,良有哀已。

养利故土司也,改土为流自□□□(宣德年)始。迄万历初年,始建学立师吏阁四十余纪。兴宁王君守兹土,仡仡作人,葺,拓陋,寝殿门庑粗具,他固未暇及也。

嗣后岁贡卢生□□(名锡)珩,心戢公化,乃复倾囷,忻然于仪门之外,浚为泮池。甃石四圜,梁亘其上,纵可三丈许,横倍之池,成而殿若增而壮,门若增而高,繇定养利学宫之制,竟与中□侔矣。

呜呼,养利斗绝众土州间,仅如黑子着面耳。竟以改流独早,祖宗二百余年声名人物,渐摩独深,今无小无大揖让进退。于是池之上者,雍雍如也,肃肃如也。是何他州士民之不幸,而养利之独幸欤?

然余观古风,人思乐泮水者,岂绕以伐伐之旗,哗哗之声?仰为州美已哉!其次章云昭格烈祖,靡有不孝,言化起阃门,而孝先百行也。又云矫矫虎臣,在泮献馘,言能忠君亲上,敌王所忾也。又云不吴不扬,不告于讻,在泮献功,言虎臣能不伐其劳,无恶于友朋也。余愿养利人士出入是池者,深思风人之义,居平则读书修行,立身扬名,以(不)辱其亲;有事则勇战先登,以不负其君。又能功成身退,恂恂愉愉以诲导其父老、子弟,繇一州以放乎四邻，余将曰吾道南矣。卢生为□□焉是池不为无助耶？不云乎彼飞鸮，集于泮林，食我桑葚，怀我好音，礼义之饮食斯人也，岂特桑葚已耶？予又将不独犹一州幸已。初，兴宁王君甫任，竭诚铸钟□□（作纪）。而卢生原不惮数千里，以襄厥事，其始终留心学宫。如此是宜并记。

永历元年岁次丁亥中秋

  此碑高约1.8米，宽1米。两侧线描飞龙，下为水波纹如浪。篆额"养利州儒学泮池碑"为九叠文，乡进士赵天益所书。碑文乃赐同进士出身浙江道巡按广西监察御史，吴江顾之俊撰写。通碑则是袁杰书丹，楷体，竖式二十九行，其中正文十二行，其他为岁进士、乡进士、恩进士、太学士及庠生等诸多人名。而其上的乡绅原将云南姚安府通判钟裔，奉议大夫养利州知州□□琚，前署州事按察司知事、今□云南丽江府通判□道淑，养利州儒学学正□允德，养利州捕务刘庆明，养利州史目刘谦。在此竖立石碑之后约五十年的《养利州志》均无载上述人物。

哭五女

（清）许嘉镇

呜呼，五女死，甚可哀。原念汝母愈可哀甚，哀汝之母固非溺情，哀五女子岂舐犊邪？

忆余童年，文定汝母，迨完婚，而汝母之年两纪有五。春入余门，冬生汝兄鸿业，既生汝姊字龙英赵郡侯，再生汝，仅受聘于明江黄郡侯。

呜呼，噫嘻！思汝童年，能知母之孝，而汝尝言孝；能知母之顺，而汝尝言顺；能知母之慈惠逮下，而汝亦尝言慈言惠。及少长而孝顺于余内庭者，凿凿有据，即慈惠亦大概可观。余每窃喜，以为女中白眉，异日未尝不为我闺闱生色。胡天不恤，汝以母服未关，于归未咏，遂弃人间去。

汝生于康熙丙午年十月初四酉时，殁于康熙癸亥年九月十二日戌时癸午，登年十有八岁，算何速耶？

呜呼，五女死，甚可哀。原念汝母不容不哀，哀汝母子，哀今世之人也，哀今世之罕睹其人也。纵世有人而于余罕睹，不容不哀汝母子之甚也。哀子甚，哀母尤甚；哀母甚，哀子不得不甚。哀虽实甚而于溺情舐犊，余庶几其免于讥乎？

今卜定汝于绿嵩山之阳，坐寅向中庚寅庚申分金之原，正衬母茔之侧，俾汝母子神灵相依，而永远全享祀用。

是作志铭于墓，曰：哀子及母，哀母及子，处汝胞兄，念虑何已！

康熙二十三年三月初三日辰时，主万承州事
致仕父嘉镇，主万承州事胞兄鸿业……仝立

　　许嘉镇，清代康熙年间万承州土官，善笔札，曾亲撰《万承土官家族头目等分占官田碑文》。五女墓，在今龙门乡三联村绿嵩岭，立于康熙二十三年（1684）三月。

《养利州志》序

（清）王言

粤稽禹贡，规方画野则壤成赋，周礼职方氏掌天下之图籍，此志所由尚矣。

秦易封建为郡县，分裂而不可纪。至汉班孟坚作舆地志，郡邑之图籍，始有可考。故在都有一统志，省有通志，郡有郡志，州邑有州邑志。俾览方域者，稽户口而问山川，询风俗而观人物，后之视今，犹今之视昔也。然人物之盛衰有时，户口之消长不一，即可觇政治之得失矣。况宜兴宜革，为劝为惩，所系岂细故哉。

今国家纂修一统志，凡在各省州邑，莫不增修以备采览。独粤西僻处边荒，且地经兵燹，州邑之纪载缺然。即间有存录而不备不全，则百年之间欲问其事，而遗老已尽漠然。徒见山高而水清，岂官斯土者，漫不以表章为意而修葺未遑，惟是日处瘴乡，举足荆榛，触目荒秽，未免各怀去心。因循岁月，又何暇留心于错简残编耶。

辛未冬，汪公以江左名流，由柳宾调牧兹土，其吏治一道，如驾轻车就熟路，而王良造父，为之后先。

观其甫下车而兴利剔弊，政通民和。黉宫废而鼎建文教，以敷雉堞，圮而复修保障，以固葺署而壮观瞻之。所规制克成，置仓而遵积贮之，图备荒奚患。他如修理囹圄，民无讼而囹扉虚具；联络乡练，严有备而刁斗不惊。至于积年逋抗，期月而清。诚如阳城之抚字心劳，而且寓催科于抚字耳。

今治及三年，百废俱举。田畴足而庶民兴，闾阎丰而讴歌盛。猗欤，汉时循吏之风，复再睹于今日矣！

公乃念及州志残缺失次,进父老子弟而征文考献,参订成书,阅之厘然井然,约而该详而有要。其于建置沿革、山川风土、户口人物、扼塞要害、兵制钱谷,凡有裨于国事者,罔不明备而剀切。则今日纂修之役,公诚大有造于历阳哉。又考之名宦,而罗叶两公之治州,凡州堂、庙坛、桥梁,悉为创举。又劝民从学,以彰文教,乃流芳异代而奕世其昌。今公之勋泽,更超轶于二公,而公之食报政未可量也,并书于篇,以为循良之一验。

谨序

　　　　时在康熙岁次甲戌春王正月上浣之吉
　　　　年家眷寅世弟豫章王言两峰氏顿首拜撰

　　王言,号两峰,江西新干人,由进士知马平县事。康熙三十一年(1692)调知崇善县,洞察积弊,痛革陋规,廉介慈惠,吏畏民安。后擢升宛平县知县。

　　《养利州志》,清顺治末,养利知州傅天宠曾行纂辑,康熙三十三年(1694)知州汪溶日据以重辑,是年付梓,现日本内阁文库有藏。然而,此序收录于《大新县志》(上海古籍出版社)时,作者竟写为"汪溶日"。

《养利州志》自序

（清）汪溶日

余以江左竖儒，谬司民社，先令东粤普邑，量移领方，未及二载，奉命调兹历阳。盖历阳为西粤之遐荒，僻处崇山之内，介在土司之中，岚瘴为厉，艰险异常，人皆闻而避之，见而思去者，余则顺而受焉。

何者？士人以身许国，出而问世，自当公而忘私，国而忘家。至成败、利钝、得失、安危，惟听之于天，非人谋之可计及也。苟严一介之操，时凛四知之畏，上以不负吾君，下以不负吾民，尽其在我，又遑恤其它哉？

余于辛未冬，单车入境，举目荒凉，城郭不完，而衙宇尽倾，庙坛已圮，而学宫久废，余则恝焉念之。又遵令建置仓廒，里甲群相愕然，事出乎创举，民艰于物力，刻期以待，束手无资，不得不捐备以谋之。无如土木，萃兴匠、作繁冗，顾此未免失彼，岂区区薄俸所能遍及也哉。内则搜囊于己，外则告贷于邻，不惮劳瘁，决意图成。何莫非圣天子之德化广被，神灵默助之力耶？在余不过殚心尽职，并非邀福沽名耳。兹以辑志之后，诸父老子弟必请详叙其事，用垂久远，或亦彰前启后之微意欤。至于文饰于已成，修补于佚阙，教养斯民，惓惓在膺，端有俟于后之君子矣，识者其鉴诸。

时在康熙甲戌载阳穀旦，古蓼汪溶日镜水氏识于历阳署中汪溶日，字镜水，江南六安（今安徽六安市）人，由拔贡于康熙三十年（1691）任养利州知州，招集流亡，修葺学宫、公署，重纂州志，士民德之。

《养利州志》跋

(清) 文举鼎

古之有史,犹今之有志也。史以纪事,有裨于国社民生者必志之而不忘,惟志亦然。钱谷志之,户口志之,人物之臧否、山川要害者志之,凡有修筑完旧创始者亦志之,其示不忘一也。

历阳向有志,因兵燹及虐焰中,所存仅抄录遗本。其间,或习于传讹述焉而不精,或本据旧章阙焉而弗备。披阅遗编,掩卷长叹者不知凡几矣,从未议及修者。夫历阳之未修正,不独志也。学校废矣,庙坛圮矣,城郭颓而窥伺渐生,仓廪缺而凶荒莫备,讼狱繁兴,盗风滋炽,何一非当事所加意哉!

幸我汪侯,以粤东普宁令,素有政声,擢之柳宾。奉檄书来守斯土,始次第而举行之,创兴学校,士习端而文风盛矣;庙坛改观,百神享而万汇洽矣。城郭完、仓廪置则金汤固而旱潦无虞;政治勤讼,狱理则匪类屏而冤抑以雪。三年之内,奸邪敛迹,神人和平,百废具举。历民之巷舞衢歌,口碑而志者,更不可悉数。

侯于簿书之暇,翻阅笥中,得抄录遗本,取而纂定之。繁者必约,略者必详,正其鱼鲁亥豕之讹,削其愧僻荒唐之说。更杂以游观之睹记,晨夕之咨询,光之梨枣,焕然一新。

余桂岭士也,调秉兹铎善是举而落之,进庠内诸子告之曰:夫子修春秋,齐人归田直书曰来,文定公以为不嫌于自序人物可会于一身也,古今通于一息也,是志也,其得鲁史之遗意也。夫异日者,天子采风,太史陈书,其将藉兹以献斯一时之志,不诚千古之史也耶！因详于篇末，并为侯纪德政之概云。

时康熙甲戌年上巳日，邻治年家晚生文举鼎又山氏顿首跋

文举鼎，广西兴安县人，举人，康熙三十二年（1693）任养利州学正。

山也清闲

(清)墨痴子

　　山本清闲,何为颜以清闲?予曰:不然。窃见天下名山,造物钟灵秀于大邦,名贤游览标题状观。

　　今兹硝石磷磷,叠成岜翠奇巅,藏于深山中,高人达士殊罕迹焉!母众山爱此清闲,不求闻达,于人乎,山静象也。仁者乐山,唯静故寿。

　　天故生此清闲之山,适肖苁斯土者之清闲,两相辉映,于永久云。

　　墨痴子,其姓名无从考究,《大新土司志》等录入此文,然有多处错漏字,今补遗改正。

　　有上款"癸巳岁春王月",疑为清乾隆癸巳年(1773)。石刻书法有"八大山人"变形夸张之风格。

重修羊城书院

（清）谢会朝

　　昔郑国商人弦高，经济之士也。以贫而商，亦如端木氏之儒雅风流云尔。是商而士，士而商者，古今不一其人。

　　我羊城先辈，以货殖客居雷阳者颇众，美哉！斗衡之肆，依然弦诵之声。所谓商而未忍忘乎士者，辄于诗歌笔墨间，见我先辈之遗范也。夫其像祀武圣人于院堂之中也，以关圣帝君忠义之心，昭如日月。凡有血气，莫不尊亲，则是先辈皆义路中人。故始建碣文，言桑梓之谊，甚悉式然，于兹二十有三年矣。同辈有志革故鼎新，比昔略加坚丽，亦一劳永逸之计已耳，而顾名之曰书院者云。何使之顾名而思义也，夫先人期望后人之心，固深且远，非图为异地朔望瞻仰之区，而将为故里敦人伦、肃教化、笃友谊，无党无偏。使后之览者，因其新思其旧，且勉为郑商人之弦高经济，端木氏之儒雅风流也。

　　今而后，吾愿好义诸君子，酌流而不忘源，登枝而不伐本。一体先人遗范，当有顾名思义乃可。

乾隆三十九年岁在甲午仲秋穀旦立
弟子谢会朝撰文

　　此碑曾置下雷中学校园内。羊城书院，亦即后之下雷粤东会馆。

万承州龙章宠锡

奉天承运，皇帝制曰：

求治在亲民之吏，端重循良，教忠励资，敬之惓聿，隆褒奖。尔许嗣麒，乃广西太平府万承土知州许健之父，禔躬淳厚，垂训端严。业可开先式穀，乃宣猷之本；泽堪启后，贻谋裕作牧之方。兹以覃恩赠尔为"奉直大夫"。锡诰命。于戏！克承清白之风，嘉兹报政；用慰显扬之志，昭乃遗谟。

制曰：朝廷厚民社之司，功推循吏；臣子凛冰渊之操，教本兹帏。尔广西太平府万承土知州许健之母赵氏，淑慎其仪，柔嘉维则。宣训词于朝夕，不忘育子之勤；集庆泽于门闾，式被自天之宠。兹以覃恩封尔为"宜人"，于戏！仰酬顾复之恩，勉思抚字，载焕丝纶之色，用慰劬劳。

乾隆四十六年二月十七日

乾隆四十六年（1781）二月立于昌明乡良泮屯对面的畲地间，石碑品相完好。正文竖排十一行。碑文中提及许嗣麒、许健父子，为清代万承土州土官。许嗣麒，恩监国李（学）士。

万承州重建城隍庙碑记

(清)王健

万阳隶属太(平)郡,询诸故老夙称乐土。粤自分疆以来,旧有城隍庙,稍远市尘,清旷幽僻,里民出入祈祷。

岁时报赛者或称未便,兼之立庙塑像年久敝坏,渐就倾圮,而揆之职守事神宁民,有司者之责也。州守许君欲营而新之,俯顺舆情,卜地于州署之左,鸠工庀材,克期告竣,仅三阅月而落成。鸟革翚飞,丹垩备饰。爰诹吉日,许君亲率其族目、商民往瞻拜焉。退而适予馆,欣相告曰:"今兹庙貌焕然一新庶几哉!神无怨恫,人民胥悦,境内辑宁,在斯举矣。"予曰:"未可恃也,神之所享,其惟明德乎传有之。夫民,神之主也。务使上下皆有嘉德而无违心,然后民和年丰,而神降之福,继自今而世守斯土者,急于保障缓厥茧丝,则凡朝考其职,昼讲其政,夕序其事,必求夫嘉德咸备,违心悉泯而后即安,则所以格神人而绥遐福者,岂外是欤?"

许君以为深得箴规之义,愿勒诸石,以贻后人。予曰:诺。

是为记。

雍正《太平府志》卷四十〈艺文〉有录。王健,万承州汉堂吏目,生平无考。许君,即万承州土官,不详何人。

下雷澄心亭

（清）李绍浩

州之西，有山焉，嶙峋而突兀。有水焉，清澈而渊深。有亭焉，榕翼而静幽。问其建，则创自有善士也。问其修，则代有同心也，前人之功亦大矣。然筑土成墙，因竹为壁，陋而简也。

予临州之明年，询风问俗，每暇日与诸同僚寿公君并偕二三仁人志士，登临其上，触景生情，见向之上栋下宇，有形有象皆颓乎，其将圮矣，不胜兴废之感焉。

乃募捐，薄厚随愿。旋庀材鸠工，甫数月落成。纵目东西以至南北，轩榭有致，街衢井然，此亦次第举矣。告竣之后，遂额其书曰：澄心亭。

吾想夫人生于世，当为善最乐，宜慈悲为怀，苟流览胜迹，尤情外无心，心存公益造福后人，以去利己损人之私力，还夫济人利物之念，则人而佛也。将与此山此水传不朽！谨志！

    特调广西镇安府下雷州汉堂 恩加二级李绍浩撰
    乾隆五十一年岁次丙午仲秋月穀旦立

民国版《雷平县志》亦载此文，然与下雷州北门石碑刻文字有别。寿公，即时任下雷州土官许瑞麟。

重修城隍殿宇碑记

(清) 牟铃

养利幅员褊小，界众土州之中。万山层叠，峭拔崒崪，浅草□□。百年几经兵燹而犹不甚凋瘵者，非尽守土者之能抚绥怀安。调任兹州受事之日，敬谒神祠，逼过市廛，嚣嚷叹沓，聊筑短垣矮屋，以满供奉，体制未周，深□神祇为惧。退考州志，盖创自前明罗、叶二公，岁时已久。都人士既□清苦绵薄为词，日甚一日，保不倾圮而夸（垮）为平地耶。

夫城隍正神，载在祀典。雨赐旱潦则祷之，兵火灾疫则祷之，毒虫猛兽□□。然则历阳一区，生产无多，荒歉连年，而尚不致如四邻之死散逃虎豹远迹，疾苦不闻者，神盖锡福无疆矣。神佑我民而转无□神且令赫赫祀典，不建崇闳于二公之祠，纵罔然悃宁无疚于心乎？劻勷厥事，重新鼎建以跂，余之所望焉。

是为引所有捐助分资开列于左。(名略)

奉直大夫知养利州事西蜀牟□捐银五十两。(茗盈、全茗、万承土官等名略)

碑藏大新县博物馆，曾被人为凿掉四角而成椭圆形。无立碑时间，捐款芳名有"奉直大夫知养利州事西蜀牟□捐银五十两"。查《大新县志》(历任养利知州)：牟铃，养利人，乾隆四十三年(1778)到任。疑是县志将牟铃祖籍误写。

移建文昌阁碑记序

（清）周文泉

　　自夏先王以神道设敬，而后世竞尚夫祠宇矣。顾或创立寺观以供佛法，或广设庵堂以崇道教，虽金碧辉煌，飞云画栋，亦祇为僧徒羽士所栖息，究无益于士文风也。

　　惟文昌帝君，主宰人文，权衡桂箓，历代著其英灵，圣朝隆其祀典，固宜所在尊崇祠宇壮丽。乃考养邑帝君祠，向建于州署之右。余来守是邦，得拜之，下见其地势低平，祠宇卑狭，非钟灵毓秀之地，思欲移之，以培文风。

　　值学正张公指请堪舆之□□□降吉，得地于灵泉石脊之上，即欲力肩其事第，工程浩繁，宦囊如洗，非一人所以胜任。爰延郡人士而共商之，郡中人亦欣然乐从，因须佐以为之倡并发印簿。不一月，州之好善慕义者，题捐数百金。于是鸠工庀材，建起文阁。经始于乙酉之小阳十月，落成于丙戌之春王正月。规模壮丽，庙貌维新，不惟有以奠灵爽之式范，亦示以为一州胜境。而后，神因地灵，毓生人杰，将见文风丕振，科甲联登，以应圣天子作人之教祉，于阖邑有传世焉！岂如寺观庵堂，徒以尊崇释道之教云耳哉！

　　是为序。

　　　　　　　　署养利事升授桂林府永宁州知州周文泉撰

移建文昌阁碑记

（清）张□纶

窃闻庵堂寺院，恒广施以种福田，道路桥梁，彼乐修以结善念，岂文教所关之事。反视爱国士心，不能善知当务之急也。

古来邑崇文昌帝君，宰斯文之主，操金篆之权，开化士林，由来久矣。视今塑容蒙尘，殿宇倾颓，人迹罕至，地僻荒芜，竟而现者为之□□矧□被儒风，尤饮水思源，当为灵光庙貌者。

昔余司学正土署州，方偶另择吉基。颇觉此池之上，南离拱秀，临水制堂，有天然之局。鼎新于斯，胜旧多矣。爰是询诸邑绅，咸乐从事。不惜倾囊以成盛举，然扛鼎非一人之力，大厦岂一而足。需众议出簿，广募四乡士民。命余援笔作叙，余谓好善之心，人有同情，维因果福利之说，儒者弗有以阴阳俗言之训，学士常凛州知作善降泽，报施不爽经义彰，知余言之不谬也。然则是举也，业成之后，此功此德，勒石贞珉，以视庵堂寺院道路桥梁之修焉，如帝君祠之更巨者。俾今州之后，必继之矣！昭文风之盛，科第联编，余于阖邑有厚望焉！

将授养利州学正张□纶敬撰
庠生□□□，羽士农务寿镌书

此石碑现藏于大新县博物馆，无载年月。字小如指，楷书，多有漫漶而难识读，署养利事升授桂林府永宁州知州周文泉作序。张□纶（养利州学正）撰碑记。庠生□□□，羽士农务寿镌书。几位作者均无考。

聚仙岩创修碑记

(清)赵凤池

余于甲子冬,奉命来守斯土,敢曰爱民如子,第欲务民义、敬鬼神,以保佑一邑士庶浸炽浸昌而已。

公余之暇,乘兴采风,见州之左石壁中悬一洞,询诸父老,佥曰:此聚星岩也,前土官欲修而不果。余往观之,胜景不减西湖,惜其不塑神像为缺。余思夫神,民之主也。神之所栖,即民之所安。于是捐廉俸,雇工匠,中塑大士,左花王,右豆娘。石崖之上,立十八罗汉,对面韦陀使者。修完告竣,并易其洞颜曰聚仙岩。

自兹以往,阖邑士民,均赖神灵默为护庇,永佑康宁。因勒石记事,以垂不朽云。

古鲁东原知恩城分县赵凤池谨题
大清嘉庆十一年四月初一立

赵凤池,古鲁东原人。东原,古地名,即今山东运河以西。又其另一诗亦署名"山左赵凤池"。山左,亦即山东。

摩斗台,亦名摩斗岩、星宿岩、灵岩等。始建于明末清初,曾有置神仙佛像等。此碑立于清嘉庆十一年(1806)四月。

建修瀛州书院碑记

(清)高攀桂

维皇上帝阴骘下民，性无殊也，而或疑姿有丰啬，不知忠信之姿，十室必有，第成于姿之自然者甚少，而成于学之造就者为多。

余下车以来，见养邑山灵水秀，知此中必有瑰玮之士钟毓而生，及会都人士试以艺文，生童卷中，颇有可采，何以考之旧志载科目者绝少。询之学博，方知家自为师，人自为学，虽行文具有性灵，作法未尽如式，所以数十年来，不能掇巍科，登高第，职此故也。

余因是进诸老成善士，计议培植，佥以兴复书院，延师掌教为请。查历阳旧有养正书院一所，日久倾颓，而义学额银，仅有七十余金，无以敷修金膏火之费。余意欲修复加增，虑未能独肩其事，谨捐清俸为倡，而阖邑士民咸踊跃从事，各捐资金，集腋成裘，勷兹义举。落成之后，虽不能远追古之白鹿，近比省会之秀峰，将见岁延名师，揣摩造就，甘受和，白受采，科登贤书，联编甲第，无负山水之灵秀，以仰承圣朝之文教也。余于阖邑有厚望焉。

署养利州事高攀桂序。

高攀桂，字月堂，号秋崖，东牙曲人，清嘉靖时附贡生。曾任中区域兵马司副指挥，武宣、藤县、铜山知县，养利知州。

建修瀛州书院碑记

（清）李兆梅

壬申之春，余奉上宪檄，调任历阳。未入境，即侧闻其地旧有养正书院，日久倾颓，州人士咸思振兴之。请于前任高月堂，爰发缘簿，捐清俸以为之倡。不数月，州之好善务义者，共襄美举，题捐修费二千余金。未几，高月堂以引疾御篆，其事遂寝。

余闻而嘉之，谓是诚美举，窃尝求□通都大邑，犹难数觏，顾可多得之边徼地乎。意者山河灵淑之气所钟，将有奇才异能之士出乎其间，以故人思向学而有是举耶！此亦守土者之责也。

余下车伊始，用进州之首是事而询之，悉欲得予一言为劝。予既莅斯邦，方欲以作养人才自任，即令势无可乘，犹将为之创始，而况有美当前，已阜阜若是，余何能以固陋辞，爰更为数言，弁于卷首，州中人倘有景仰前辉，继之不倦，乐成美举，异日必有崛起偏隅，高出于通都大邑上者，此则守土者之志也夫。

是为序。

知养利州事李兆梅题

李兆梅，字启魁，号春岭，广东新会泷水都三嘉村（今属江门市新会区崖门镇甜水村）人。嘉庆壬申年（1812）任养利知州、广西太平知府。清道光十一年（1831）因伏案操劳成疾向朝廷陈表隐退，后返回故里，不久病故，终年73岁。

建修瀛州书院碑记

（清）钟鸣鹤

古者国有学，党有庠，塾有序，所以广教化，育人才，谊美恩明，典甚巨也。我国家重熙累洽，文教覃敷，内而通都大邑，外而荒服边疆，莫不兴立学校，养育人才，以昭道一风同之盛。

吾邑历阳，旧设书院一所于叶公祠之旁，日久倾颓，无以为士子藏修息游之地。鹤与同学诸友，心甚悯焉！欲为捐修而志未逮，适遇前任，邑侯高公来守是邦，毅然以兴学校、育人才为己任。议复建修书院，延师训迪，士民踊跃乐捐囊金，章程甫就，而高公引疾锦旋，事将中止，幸继任州侯李公，绍述前徽，能以高公之心为心，而士民复以李公之志为志，相与经营筹划，阅二载而告厥成功。二公之相与有成，所谓莫为之前，虽美弗彰，莫为之后，虽盛弗传也。落成之日，颜曰瀛州书院，以其地居河洲，四面水环，如海上三山，可望而不可即，且以望后之人文蔚起，联翩甲第，翔步玉堂，若盛唐十六学士之登瀛洲，以无负圣天子甄陶雅化，暨贤大夫栽培至意云尔。

是为记。

邑岁进士钟鸣鹤撰
廪膳生胡获鈖书

总理：生员胡峻屺、增生钟延珍，董事：生员胡获祥、武生欧长连参阅

大清嘉庆二十年岁在乙亥□月穀旦，公立

此碑"清嘉庆二十年（1815）岁在乙亥□月榖旦，公立"，《广西少数民族地区石刻碑文集》有录。明朝设有养正书院，清代嘉庆年间迁至城西瀛洲岛，故名瀛洲书院。

游灵隐洞诗序

（清）李庆荣

匏名胜状，居乎八景厥美亦云备矣。自昔臻兹未闻有其他者。

辛未冬，忽有言州治之南隅，距三十余里，有佳山。山腰悬洞剔透两重，状若层楼。邻村士民咸以厥异，遂刬棘修衢而登，塑神佛于其上，祈禳游观者殆无虚日焉。

予闻而疑之，谓苟有是者，宁不传之夙昔载诸志册乎？胡待之于今也。欲一至以验其实者久矣，缘王事鞅掌不果。遂迨壬申夏，予以疾乞身得解组余闲，方于是春，驾言出游。

比至，果然洞天菩提端现，宝相庄严，琉璃照耀，金鸭香飘。纵眸迥瞩则千峰缭绕，万树苍茫，平畴村落隐显如画。继以禽声清耳，云气侵衣，恍若员峤于焉。有出凡之想，徘徊而不忍去。予因之有感焉，夫山水胜概，莫不传诸古而垂名也，洞奚独出之晚耶。当予入仕之初，而洞不出，逮予之将致仕也，洞辄出焉。得非山灵知千百年后，有一脱簪好雅之吏者出，故以洞秘之，俟其将罢之际，始遣洞超然而出，以供其游而适其意耶？假使洞出与八景同时，亦只随例入志而已，乌得显而与吏邂逅，纪为胜事者哉！此非山灵为人物存意之深者，岂至是乎？

忆昔陶通明、白太傅之退也，一喜句曲而栖，一乐香山而隐，俱各得其所焉。

兹予之罢也，而得斯洞之游，不亦幸已。仿古人欤，予虽弗若古人之贤之高，而时与二三子优游以乐于此，一觞一咏，笑傲烟霞，克遂平生之志，则与古人乐趣亦庶乎，其不远矣。因名之曰：灵隐，盖以其灵而隐者也。

继援笔而为之序，并赋诗二章，镌诸其石，后之游者，辱赏野音以博一粲焉。

李庆荣、赵嗣鹏、赵连城及王巘等诗文，均刻在同一块石碑，立于嘉庆年间。灵隐洞，位于今雷平镇共和村逐桐屯半山腰。

跋李庆荣灵隐洞序

（清）赵嗣鹏

闻之山水胜概，莫不因人而传，如石钟山之得苏子瞻，丰乐亭之遇欧阳公，而传者曷胜枚举哉。

州之南三十里，有一异洞，挂壁凌霄，玲珑奇状，悉皆天地生成，由来久矣。何竟不传诸古而独显于今？而适刺史春圃公致仕优游之会，盖山灵之公好学能文，必传诸后而始显于今耶。

及公驾言游之，便忻然忘食，辄为文并赋诗志喜。值余入幕于此，遂出其所作以示余。余不敏，不能次公之韵，惟喜洞得公而有诗文，当与洞而俱传矣。

古人有言曰：莫为之前虽美弗彰，莫为之后虽盛弗传。余不揣固陋，妄撰数言，以附其后云。

冻阳居士南滨赵嗣鹏

赵嗣鹏，清代下冻州土官族人。嘉庆《广西通志》载录下冻州土官名录，有与其同字辈的赵嗣献。

跋李庆荣灵隐洞序

（清）赵连城

癸酉暮春，客有自州之来者，谓我刺史春圃公得美洞于州南，因奇之而命名曰：灵隐。

某闻之无甚奇也，城曰：予乌知所谓奇哉？凡物之奇不奇，于物之自奇而奇。于人奇之，富贵功名奇也。而有不奇之者，林泉花木非奇也。而亦有奇之者，昔陶渊明作《桃花源记》，只称桃花夹岸，桃花恒物耳，而陶渊明已奇之，且为渔者嘱曰："不足为外人道也。"此惟风雅名流，方能领略此中之趣。今若子者，尽属外人，他日或来此洞寻奇，欲求刺史之所谓奇者而不可得，则此洞仍然一桃源之无由问津耳。

适刺史绘其图并为诗文以示之，城因喜而述其略，以附刺史后。

治贡士赵连城敬跋

安平李氏建宗祠碑记

(清) 李秉圭

宗祠之建何昉也，古者自天子以至士，皆有庙制。后世庙制之典不行，宗祠即庙也。盖物本乎天，人本乎祖，建宗祠所以上妥先灵，下敦族谊。

恭维我太始祖李茂，原籍山东之益都人也，自宋仁宗皇祐五年，随狄武襄公青平侬智高之乱于邕州，时太郡尚属蛮荒，无所谓之州治，我祖身辟草莱，披荆棘，抚流亡，而太平始开，朝廷论功，俾守世土，三代而分安平。

支祖讳国祐，分立州治理人民，明代以来，咸著勋劳甚夥，载在家乘，世职相承，不能悉数，然皆外御蛮夷，泯其觊觎之心，内安兆姓，救其倒悬之苦，以故本朝定鼎，仍授斯职，宠命频加，统计受封迄今，在国而论，历年七百余矣。在家而言，世袭廿余代矣。支庶繁衍，子孙延绵，诚祖宗功德之垂，所宜永念勿忘也。前代未尝修祠，凡春秋报赛，无所享祀，似非妥先灵之至。惟在先府君之命，圭忝属大宗，于嘉庆二十年十月初十日，值合族买就老二房廷枚之子秉仪、侄缉喜瓦房二座，并地基旧界前后，价铜钱一百八十千文，归众。议制其祖庙，实报本追远之孝思，又光大其仪制，以恢张先绪，閟宫有侐，实实枚枚，此史克所以颂鲁僖也。凡我宗盟，谁不愿捐资以成美举哉！于是庀料鸠工，照旧定方位，更其垩壁，增厥檐楹，饰其堂宇，甃夫阶梯。得族户长廷懋、元清、成林、元瑭、李宗督理其间，而屋宇奂然聿新，继自今以往，陈设骏走有其所，合族燕饮有其居，美哉轮焉，美哉奂焉！我祖宗在天之灵，庶□罔时怨而罔时恫矣！由是源远流长，世袭兄弟，永承勿替，分枝者亦浸炽浸昌，并受无疆之休，岂非妥先灵、敦族谊之盛事也哉！遂而为之记。

［土官世袭名（略）］

宗子秉圭手撰
道光二十年岁在庚子仲春月十二日

　　李秉圭，清代道光贡生，安平州土官，其好诗文、歌舞。碑立于道光二十年（1840），《广西少数民族地区石刻碑文集》有录。

安平土州修庐山岩神像楼阁

（清）李秉圭

尝闻层峦耸翠，妙景奇峰。吾邑褊小，固无有焉。惟西南隅山岩中生成洞府，名曰会仙，次则南化庐岩，颇颂超凡。

得军功黄生全倡首，暨各信善兴修，塑玄德上帝、文昌帝君神像于其间，外建文星楼阁，壮一化之观瞻，培一方之胜迹，俾各子弟悉归肄业，将见文风蔚起，礼乐勃兴，百代壮巍峨之观，千家仰威灵之感，虽此岩天然景象，实人力美举落成也。

爰众信芳名，泐石以志。

安平州知州李秉圭熏沐拜题

（各村捐款人姓名略）

咸丰八年三月二十日辰时吉立

此楼阁在今堪圩乡民六村格更屯的山脚岩洞，楼阁及石碑尚在。安平州土官李秉圭撰文书丹，一寸大楷书，清雅娟秀而温文，咸丰八年（1858）立。民国版《雷平县志》：在庐山乡（卢山村）民福村之独秀峰，离城二十五里，岩广四敞，光线充足……前清贡生黄生全出资修凿，建眺望楼于岩□，围以砖墙……

会仙岩重修碑记

(清)佚名

粤因多山,甲于天下。其间峻拔、玲珑、雄奇、挺(秀)、异灵神佛,幽隐高人,为世所述,千百年不休。若都峤、若勾漏者不少,概见迨边隅荒陋更无闻焉。

我州之南阳山岩,开自前朝,拳石独秀,下穿圆穴,杳然有洞府之概,僻可以隐幽以为游,云林清皎,不假神工鬼斧,超出崖表,先祖因之镌塑仙佛像于其中,名曰会仙,盖志山灵胜状也。

历千百年,香火神灵而祷者,咸均压邻封之出名灵迹,□□□且余登香愿祈于神符,遂得如心,未有酬□,抚有袭职之繁,几忘寸诚,阅瓷诸缘萧条,举修韦佗亭,大众请印簿于余,以坚众志,即铃盖付之。经岁而岩中焕然,建山门加脚楼,甃石更表,铺砖结亭,壮山岩之胜概。虽曰人力,无非神灵之昭昭,众情之奕奕乎?爱乐而书姓名于石,不泯一番之盛举云。

此文见于民国版《雷平县志》,无作者姓名。《碑记》前按语:会仙岩,在安平之西南,昔有神佛之像分列岩中,故名会仙岩。清道光间,土牧李秉圭时,曾重修,一度建亭甃石……红男绿女,祈福是岩者络绎于道,阴历二月十九日为观音诞辰,乡人迎神演剧尤为热闹,岩亦宏敞,可容千人,空气光线……

每当夏热亦有游人携尊避暑,畅饮其中,为安平土州风景之一。民国年间,因破除迷信,神像多已被毁且失修,今已荒圮。

大修粤东会馆碑记

(清）佚名

原夫会馆之作，由来久矣。其初创在于乾隆戊寅年，昔之人敦尚义气，爰敬塑关夫子帝君圣像于殿中，俾辰昏奉祀，朔望拜瞻，且岁时伏腊，一堂宴会，聚首言欢，联桑梓之厚谊，结羁旅之同心，其立意甚美也。惟当时我东人之来是邦贸易者，悉系广州府属，故颜之曰羊城书院。览旧碑所载姓名，屈指无多，捐资有限，因是难为观美大，只备厥规模而已，然难莫难于虑始，其初创之功，讵可没乎？

迨至乾隆甲午年，前辈诸公，曾重修之，颇高其闲闶，广其堂室，安妥夫圣灵，护持我商旅，传闻利赖生涯，较昔为尤甚，亦云美矣。第宫殿垣墉，多用泥砖修砌，以言朴素则有之，若谓浑坚则未也。故至嘉庆廿余年间，仅阅数十载，而宫殿时时敧塌，垣墉日就倾颓，只以竹木叉撑，其时有同者相与商量修建，尝设立作两会，共廿四五名份，约计得会本钱一百七八十千，并书院所存蒸尝五六十千，放贷生息，经五六年而会充满，犹有羡余，估计存钱数百千矣。奈因钱水变乱，砂钱一百千，仅值黄钱六七千，而修建之计，卒不□□也。延至道光廿五六年，朽坏倾塌益甚，又加以风雨之飘摇，斯宫殿垣墉，遂尽崩颓。不得已，敬移□君于前座，与财神并居，顾咫尺狭隘之地，胡以虔奉祀而肃拜瞻，是不独亵渎圣神，即质诸昔人之初创，前辈之重修，孰能不抚衷怀惭乎！然此岂后人之敬神明、敦义气之心，不逮昔人哉。良由无力者比比皆然，有力者寥寥寡偶，乃徒拊膺抱疚，而付之莫可如何。是故迩来言及修建，非独我同人无敢自任，即在行路之谈者，皆曰此书院之废坠，将永不复举矣。抑帝君之英灵无或减，而吾侪之振作有其时耶。即今而论新建所由成之故，如或使之，盖始起于咸丰元年，时值帝君寿诞，相与拜舞称觞，睹陨颓之景况，目击咨嗟，众首事乃相商榷，遂翕然有振兴之举，一时诸好善咸愿竭力捐资，志在必成之意，不约而同，倘使仅捐广州府属之萃□于雷阳者，亦殊无几。故凡系我粤东省籍贯，不拘久远立家住下，与及贸迁作客新来，悉向劝捐，众皆欣喜乐从，计有成数。又得诸公将同为贸易之抽头银若干两，充助支需，此费足矣。亦可徵好善之心，人所同然者矣。于是遴选办理，招延师匠，择吉庀材鸠工。是役也，取数多而用物宏，良非易易。只赖首事中诸君，始终协力赞襄，克使群工奏技逞能，经始于咸丰二年梅月，告竣于四年腊月，阅数载而聿观厥成。凡在前诸人所欲举而不克举者，今皆更而新之，局势宏敞，坚固高华，数者兼备，非所称为不朽之美举，可传之盛事乎哉。继自今奉祀瞻拜帝君，庶足居歆。宴会言欢，同人益敦雅谊夫，乃知制作之盛，起于人心，文物之举，由乎众志，易之曰粤东会馆，所谓合通省以为善，亦广昔人之美意也夫。咸喜落成，不辞鄙陋，勉为之记，使后之览是碑者，并备识会馆之原委云尔。（下缺）

  民国版《雷平县志》：下雷粤东会馆，咸丰二年（1852）十二月建筑。然按碑文则创建于乾隆戊寅年（1758），乾隆甲午年（1774）及咸丰元年（1851）重修。《广西少数民族地区石刻碑文集》有录。石碑已不知去向。

重修庐山碑记

（清）佚名

窃维山不在高，有仙则名；地不在广，有神则灵。

我南化弹丸之区，虽无奇峰妙景，则有庐山岩焉。望之洞府天开，恍如蓬莱仙境者，即斯岩也。咸丰年间，六品军功庠生黄君篆生全昌首设立神像，所祀者不过数尊，乃岩洞广大，极目萧条，诚不足以壮观瞻。

及至同治元年，黄君复集一化父老，恭议重修，□曰善哉，各解资囊。由是山门则立文星楼阁，岩内则塑三圣宫，岩左侧塑观音佛母，岩内右侧塑花王圣母以及如来佛祖、金刚罗汉诸天各神，一一更而新之，千载之秘，一朝轩露。登斯岩也，第见浮光跃金，静影沉璧，诚南化一胜概也。

然而地以人传，人赖神恩。自修此岩，歌游伴□□者，有人膺明经者，有人异曰：云梯庆步，月桂高攀，皆赖神灵默佑，有以至之也，岂不盛哉。所有各村乐捐银两芳名开列于后。

清同治六年岁次丁卯季冬月吉日立

旧称庐山（安平州辖地名），今名卢山，位于堪圩乡民六村。碑立于清同治六年（1867）岁次丁卯季冬月。

万承土州冯氏土官创建宗祠碑文

（清）冯□□

尝读礼而至筑为宫室，设为宗祧，以别亲疏远迩，使民返古复始，不忘其所由生，则饮水思源，古今初无殊致。报本追远，上下俱有同情，由是立宗祊以修祀事典至巨也，礼至重也，恶在其容已乎。

粤稽家谱，旧传始祖讳廷宗公，原籍江南安徽歙县人氏，在宋朝荣任山东青州府总统。因皇祐己丑元年，广源蛮侬智高反，寇邕州。杨畋等久战不胜，蛮寇扰乱日甚。至皇祐壬辰四年九月，朝廷乃命狄襄公征讨。时我始祖，官授总统，系狄襄公将下，是偕二世祖讳大胜公随征至广南，合孙沔、余靖之兵，进次左右两江等处。未几，夺昆仑关，大败智高于邕州，击智高死于大理，蛮寇悉平，南土底定。大宋皇论功升赏，以始祖父子皆同□功，升始祖为协镇副使，二世祖为左指挥，三世祖恩荫总统。自此聿来胥宇，卜居于香寿山之下焉。

缅想始祖在昔，韬略扬徽，大树之家风克振，鼎彝纪绩，西京之宗绪聿光。基业垂裕，大开世系之祥，德泽孔长，远贻枝孙之福。

至我朝康熙十七年间，吴三桂贼令帅吴世琮、将兵马成龙、钱一龙等自云南省寇反，霸占粤地。朝廷命简亲王行定广西等处，即调各土司带兵随征。时我高伯祖讳时俸公随州尊到云南，奋勇杀寇，幸有军功，敕授参□□职，诗所谓克绳祖武者是也。厥后进士明经，蜚声庠序，或读或耕、能创能守者，代不乏人。□□□□显职，克继美于宗公，而生前懿德，亦皆毂贻夫孙子者多矣。念我族支分派

（缺七字）繁，而食德服畴，均蒙福泽于未艾。顾千年华表，难忘雨露之恩，而百世（缺十字）世世相沿。祠宇不设，祀事弗修，则历代先灵，何所凭依。而（缺十五字）捐资鼎建，今幸落成，经营敢云尽善，断度聊颂实枚，奕奕维新，寝（缺十一字）构显哙正之章。南则三台朝迎，天马腾伏，遥从玉带向西流。东则香山（缺八字）帽峰居北秀。五方共献瑞色，四面昭来壮观。自此，地灵丕振，庙貌觇世泽之隆，人杰（缺四字）绵俎豆之荐。各房宗亲，共式凭之，益思其笑语而加虔也。入户出户，如将见之，一瞻其几筵而倍凛也。香烟喜篆祥于万年，衣冠仰钟灵于百代。伫看龙文蔚起，迪惟前人之光，骏烈繁兴，□衍始平之庆矣。

是为序。

二十代孙庠生 采承族长命按家谱敬撰

原碑曾置龙门乡（旧万承土州治）头哺屯，1956年12月广西民族研究所拓片，石碑已破坏，裂为七片，其中有约三十厘米见方一片已失，文中缺字多在此片之内。其实，冯氏仅为万承土州的土目。

太平州重建黉碑记

（清）佚名

窃维械朴箐义，西周称作人文，化采芹泮水东鲁者造士之休。

盖师道者，善人多学，校废则流品藻。故古者，家有塾，党有庠，乡有序，国有学。有乡学而小子有造，有国学而成人有德。名虽不同，而要其所以化民成俗者，端自黉宫始。

吾邑地属偏域，俗近蛮方，荷蒙先祖康侯公，体圣天子崇儒之心，痛众黎民冒昧之俗。曾于雍正三年，咨部奏请设立黉宫于州治之西，惟有历年。至于咸丰年间，盗贼侵扰，庙貌崩颓，仅存其迹。幸徽庭刺史承袭莅任，慨然以重建是举，于同治十一年，约齐邑绅开捐工资，移建于州治之东。而鸠工庀材，吾父母官造就人材之至意，何深且厚哉！使不勒诸贞珉，何以识其端绪耶？但因近年来事务纷纭，未获如愿。

至光绪九年，复修甬道，即行镌碑，合众议章程。自此以后，凡属境内举监绅耆及花户人等，悭吝未肯捐助而碑上无名者，日后子孙应试，众所攻讦，不准混考，庶不负州主父母焦劳之意也。

是为序。

太平州知州李光猷捐千文……
光绪九年岁次癸未孟秋月榖旦
首事李勋等

康侯（公），即乾隆、雍正年间太平州土官李蕃。徽庭刺史，同治年间太平州土官李光猷。此碑立于光绪九年（1883）岁次癸未孟秋月，《广西少数民族地区石刻碑文契约资料集》及民国版《雷平县志》均有录。

瓠阳书院碑

（清）佚名

粤稽在昔学校，曰黉曰庠，有上庠下庠之别；夏曰序，有东序西序之名；商曰……于西□名曰胶曰□，曰成均曰泽宫，此立学校之制也。

当其时，乡民教以三从……黉中年考校，一年视其识经译志，三年视其敬业乐群，五年视其传习亲师，七年……视其知类通达，强立而不返，谓之大成。迄汉初，未遑建学校，文帝始立传学，武帝立……扰坏，皆修学制，惟晋武帝于大学之外立国子监。唐初，立大学以造天下士。宋……设国子总教，立国学及乡学教授。明初，建国子监，诏天下府县皆立学校，设提学……调所由历代相承，莫如我国朝学校之备，黉宫月给俸，生徒月廪食，凡府……观风而月课（课）资，其教严□而且密，所以鼓励为学者至矣。

溯吾邑自雍正季年……□□始获建立文庙，崇祀先师□□，皇恩浩荡，无远弗届，从我先州主太祖康侯公，有教士爱民之心，初肯详请府准……举于乡而通籍庙□者，大抵无月课以精其业，同宾兴以资其程，或有以致之缺（欤）……进自惭才学浅陋，无以成就。

逮丁亥，邀齐同学，禀请先州主徽庭公鼎建书院，由瓠阳书院给编联。于是延山长以课生童，收圩规以作资膏，行有成效，广开籍贯……资经营建造，越有五载而造成厥功。此皆赖我先州主董劝兼施，丽川大老……举巨料。是岁壬辰冬，先州主竟尔仙游。及我少州主应袭嗣锓以来，他务未……文庙崩颓，商诸通学□□前捐书院工资所□者为建碑记，所余若干拨修文庙。……州主愿分鹤俸垫足□□，再拨规费增加膏火，□□□封世侯实未有如我州主……诸士奋发有为，破天荒而出地头，尤当□事□□□于勿□余不敏谨叙原委列……（条规省略）

碑文见民国版《雷平县志》，字迹潦草，漫漶不清，无年代及撰文、书丹者。抄录者亦过多省略。

恩城分县重修维新书院碑

（清）赵英翰

粤考恩城之立书院，创始于乾隆□年夏公，复振兴于嘉庆□年李公。此二公也，启□萌，开草昧，都人士咸有赖焉。

迨至咸丰初年，盗贼频兴，烽烟叠警，致使书院荡然而空。及夫妖氛既□服，先畴犹幸得所，食旧德每饬无依，虽后之权斯土，抚斯民，书院亦未及休葺，不意于光绪十六年，分守斯土者，李公也。

公籍系湖南宝庆新宁人，当其下车伊始，怅四境之萧条，忧亿民之顽梗，遂不禁瞿然曰：养既能遂生，教然后复性，由是谋诸绅耆，谓是邦书声，何阒寂无闻也。对曰：昔有书院，熏陶共赖，今则瓦砾无存，是以业儒者鲜。公闻之，不觉愀然，从斯日夜忧思，踌躇审顾，务成书院而后快。于是传谕合境，劝为捐输，善士仁人，靡不争先而恐后，一月未及，数报有成。公闻之，则转愀为喜焉。允若时，率绅耆阅旧址，犹见未为尽善，重新择地，别自经营。是举也，公躬亲督匠，罔惮勤劳，工与于光绪十七年冬，告竣于次年夏至。是事毕已乎，然犹未也。书院落成，延师又苦无资，不已。创及岜赖圩之新规，复还那敏村之旧项，年中尽作延师之费，诚美善兼尽矣。都人士咸相谓曰：今日之李，即昔年之李与，不然，何一振兴于始，一复建于终，辉映后先，传为盛事。惟见父老扶杖而观，儿童鼓掌以道，皆云书院昔名叠翠，今号维新，殆作新民之意乎。后之人文蔚起，礼乐雍熙，原赖公之德泽普也。

聊志数言，以勒贞珉，垂其不朽云。

掌书院邑廪生赵英翰撰，郡城李鼎魁书丹。（省略规例及捐资者姓名、数额）

安平土州格峎等村重修卢山岩庙置产办学碑

（清）苏士俊

溯此地未创修以前，乃天然之岩洞，既经创修之后，即粉饰为庙宇，于是始塑有神像，庙貌辉煌，遂成胜迹，以壮地方之大观也。

虽前经踊跃开囊乐捐，置田亩、聚资，曾未泐碑，且今时改良，犹未尽善，故至今父老重经定议，因去岁蒙州主李公毁拆左右神像，尚留中座，因念从古创修之源，不忍湮没，经筹费多金修饰，将此间改为蒙学堂，培人材，俾各子弟肄业，诚为地方之美举也。所遗中座神像，岁时祭祀，即按户乐捐，将光绪十九年所置田租，永作庙祝伙食、香油并兼工学堂之费，庶香烟不缺，学堂常设，即古迹亦存遗矣。所虑者其田亩散布零星，因田券前在总理贡生黄开益收存，恐年久失落，无从追究。今学堂既开，均以碑铭为记，岂不为尽善乎。想学堂自今伊始，他日子弟磨炼成材，当知此日筹费艰难，不负上宪栽培之至意。余奉李元公来斯课读，为蒙学堂之初开办，其地方父老请余志。余访识大略，爰众人信芳名、村庄，泐石以垂不朽。

是为序。

邕邑庠生苏士俊薰沐顿首拜撰书

（芳名、村庄略）

苏士俊，生平不详。卢山，即今堪圩乡卢山村。碑立于光绪三十三年（1907）岁次丁未孟春月。

《雷平县志》序

梁明伦

赵盾为昔相国，违襄公遗嘱，废世子夷皋不立，而迎立公子雍于秦。继与却缺谋，复发兵拒之，转立夷皋为君。有不可与共事者，如先都、士縠、箕郑父、梁益耳、蒯得等大臣，赵盾俱杀之，虽国君命赦不能赦焉。废置国君，擅杀大臣，赵盾当日之权大于其君矣。然而，桃园灵公被弑，赵盾已出奔河东，出亡不越境，返国不诛贼。以是太史董狐竟大书：秋七月乙丑赵盾杀其君夷皋于桃园。于简，赵盾命改不能改焉，而董狐之权更大于赵盾矣。

不唯董狐如是，齐相国崔抒恶其君，先与其妻棠姜有私而杀之，命太史伯以疟疾书庄公光之死，而太史伯与其弟仲、叔、季共四人，均相继书于简曰："夏五月乙亥崔抒弑其君光。"崔抒怒杀伯、仲、叔，至季不能杀矣。此史职之笔要应据事直书，虽权威不能加也。国史之笔如是，县志之笔又不如是？

本县志书，整起于民国卅一年春三月，完成于民国卅五年冬十二月，为时四年又十个月。资料由各乡采访员与县府第三科长梁茂枢采送，各科供给材料亦不少。内容虽然如何充实及大功大过之人，或过轻过重之事，然一事一物，全无个人私见虚伪其事，或妄加歌功诽谤其人者。

民国三十五年十二月二十五日

梁明伦，清光绪庠生，太平街人，曾任雷平县长。系《雷平县志》主要编纂人。

后 记

　　大新县，地处桂西南边陲，唐代始设万承、万形、波州、思诚等羁縻州。经宋、元而演变有万承、恩城、太平、安平、养利、茗盈、全茗、下雷等八个土司，自明初养利州改土归流，至民国初期改流完毕。

　　近千年土司及流官吏目佐理，汉壮文化的交融而衍生不少吟咏大新历史事件、民风民俗、山川风物的诗文，或镌刻题墨山野石壁，历经风雨洗礼，识者寥寥；或散载于诸方史志，经数次天灾兵燹，存者稀少。而这些诗文，未曾整合汇成一卷，难以系统地彰显大新千百年诗文脉络，自是一憾。

　　因平日酷好书法，每欲选取大新古代文辞，所见不过数十首。除载于康熙《养利州志》之外，少量刊于20世纪50年代《广西壮族社会历史调查（四）》。后者限于当时条件，确有错谬遗漏，以致以讹传讹。

　　2008年年初，我从大新调任市文联工作，偶得闲暇浏览有关左江流域及古代《广西通志》等史料，但凡涉及大新古州及人事的诗文，均留意收集，日渐增多。

　　2015年初冬，携几要友登临恩城岜翠山、岜白山，观赏崖壁遗留古人石刻墨迹，以书家眼光审读，竟与曾过目的诗文迥异。自此，始萌发纵情大新山野寻诗之初衷。

　　尔后参与大新县申报"中国土司文化之乡""中国侬峒文化之乡"创建及评估现场导说，运用掌握土官流官的石刻墨迹诗文予以印证，得到专家们的赞许，更坚定了收集整理大新历代诗文的信心。

八年来，笔者利用节假闲暇，跋山涉水，攀岩入洞，踏访古迹，捶拓拍照，或发掘指读被数百年尘土垩面而蛰伏的崖壁石刻墨迹，如蔡震、邹洙衍、梁新水、黎猷、麦士奇、蓝浩、涂开元、赵玉等人诗文；或探访土官古墓孤坟几经人为盗挖尚存的残碑断字，找寻已秘而不宣的土官族文史，如赵彭贤、赵芳声、李明峦、许嘉镇、赵贵炫、李禔、李庆荣等撰文题咏。所惊异者，大新历代诗文，远非史志所录载之寥寥数首，更多则"养在深山人未识"。以己不懈之功，使蛰伏山野的古代诗文得以重回人世，既是反哺父老，亦是一份责任。可谓"我来应未晚"，更如赵翼所云"有山可陟须登历，趁取腰强脚健年"，于是累年寻觅，锲而不舍。每得一字半句，尽如儿时秋后稻田拾掇残穗散谷一般，故又名"拾掇"。再而几经逐字逐句校勘，考证作者生平，为诗为文背景及意蕴，终得小成。其涵盖历代土官吟哦，流官雅兴，有严谨的格律诗也有古风俚语，言志、记事、记游、述学、观景，或沉郁或活脱，不一而足。虽有残缺者，亦是古人一瓣书香，故遵从原创，不加修饰或妄断，均以"口"处之，可期后之知者补正。

八年多来，徜徉山水，访古询风，风餐露宿，险象环生。个中滋味，唯有心知。

然而，能成一卷在手，尚承蒙多方鼎力相助。

大新县各级领导尤其政协原主席许斌吉关怀有加，诗人黄才能先生拨冗作序，添彩增色。乡村干部如安平村冯荣华、农安波周到服务，同窗好友如傅明华、周建民、邓长林、张家忠、赵武勇从游相伴，县博物馆何农林、张忠勇、许海萍无私奉献，土司后裔许建宁、梁一直、许乃刚友情支持，广西图书馆陈勇、区捷、黄玉杏及壶城谢志滨帮助拓片，上海大学张江华博导惠赐珍贵史料，还有玉均艺为攀岩搭架等。

在此，真诚地向一直关心支持我的崇左市文联诸位同道和社会各界人士致以谢忱！也十分感激我家人的默默支持。

限于个人水平及史料残缺，书中难免有诸多不足甚至错谬，恳请专家及读者斧正！不胜感激！

岁次壬寅重九之日于养利古城